Gare de l'Est

t-Lazare

Rue la Fayette

vard Haussmann

Rue Auber

e Magenta

AF203540

ne

Place
Vendôme

Av. de l'Opéra

Rue de Richelieu

Bibliothèque
Nationale

Rue d'Aboukir

Rue Réaumur

W

O

S

Rue de Turbigo

ue de Rivoli

Jardin des
Tuileries

Palais-
Royal

Rue du
Louvre

St.-Eustache

Forum des
Halles

Boulevard de
Sébastopol

Rue Beaubourg

Quai Voltaire

Seine

Musée
du Louvre

Pont des Arts

Pont Neuf

Centre Pompidou

MARAIS

Hôtel de Ville

de l'Université

Rue Jacob

Justizpalast

6

Rue de Rivoli

St.-Germain-
des-Prés

2

Boulevard
Saint-Germain

5

ÎLE
DE LA
CITÉ

Quai de l'Hôtel de Ville

Notre-Dame

Rue Bonaparte

Saint-Sulpice

Palais du
Luxembourg

1

Quai de la
Tournelle

Quai
Saint-Bernard

Rue de Rennes

Jardin du
Luxembourg

Sorbonne

Rue des Écoles

QUARTIER
LATIN

Boulevard Raspail

Rue d'Assas

Boulevard Saint-Michel

Rue Saint-Jacques

Panthéon

Rue Linné

Jardin des
Plantes

rd du Montparnasse

0   200   400   600 Meter

Kampa Krimi

Renée Ballard
Police Detective in L. A.

Es gibt viele Orte, an denen man nachts in L. A. nicht sein möchte. Der schlimmste ist die Late Show, die berühmt-berüchtigte Nachtschicht des LAPD. Hier arbeitet in der Hollywood Division Renée Ballard. Von ihrem aufreibenden Job erholt sie sich beim Standup-Paddeln am Venice Beach, sie liebt das Meer, denn sie stammt aus Hawaii. Sie ist jung und ehrgeizig, nicht zuletzt, weil ihr Vater schon Cop war. Ihr Chef hat sie in die Nachtschicht des LAPD verbannt, wo sie nach Schichtende jeden Fall abgeben muss. Was sie aber nicht tut. Besonders nicht, wenn ihr ein Fall am Herzen liegt. Ihr Verbündeter: niemand Geringerer als der legendäre Harry Bosch.

Neu

Vier Fälle
erschienen

MICHAEL
CONNELLY

DUNKLE STUNDEN

EIN FALL FÜR RENÉE BALLARD
UND HARRY BOSCH

ca. 432 Seiten | Gebunden mit Farbschnitt
ca. € (D) 22,90 | ca. sFr 31,90 | ca. € (A) 23,60
ISBN 978 3 311 12570 9

Michael »Mickey« Haller

Anwalt in L. A.

528 S. | € (D) 19,90 | sFr 27,90 | € (A) 20,50
Broschur | ISBN 978 3 311 12053 7

608 S. | € (D) 19,90 | sFr 27,90 | € (A) 20,50
Broschur | ISBN 978 3 311 12055 1

Michael Hallers Kollege Jerry
Vincent wird kaltblütig ermordet.
Ist der Täter unter Vincents
Mandanten zu finden?

Ein Bankangestellter wurde
erschlagen, und Michael Hallers
Mandantin Lisa Trammel gilt als
Hauptverdächtige.

Harry Bosch
Police Detective in L.A.

Harry Bosch ist Mordermittler des LAPD, wo er mit seiner ruppigen Art und seinem fehlenden Teamspirit nicht selten aneckt. Er leidet unter Schlafstörungen und Albträumen, trinkt Bier und raucht Kette. Und er arbeitet viel zu viel. Den einzigen Luxus, den er sich gönnt: sein Haus in den Hollywood Hills mit einem sensationellen Ausblick. Dort hört er am liebsten Jazz, natürlich auf Vinyl, wenn er nach Feierabend Akten wälzt – immer auf der Suche nach einem Detail, das er übersehen hat, immer im Kampf für Gerechtigkeit. Denn für Harry Bosch ist jeder Fall gleich wichtig, jeder Tote verdient es, dass ihm Gerechtigkeit widerfährt. »Jedes Opfer zählt, oder kein Opfer zählt«, so Harry Boschs Motto, das ihn antreibt.

432 Seiten | Klappenbroschur
€ (D) 19,90 | sFr 27,90 | € (A) 20,50
ISBN 978 3 311 12061 2

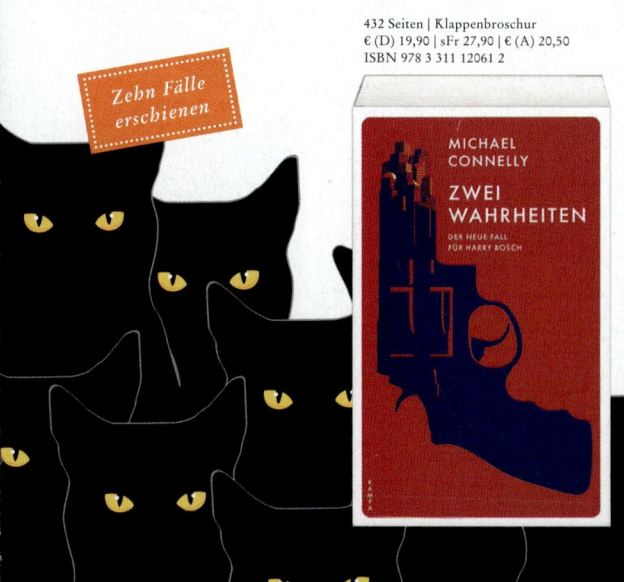

Zehn Fälle erschienen

MICHAEL CONNELLY

ZWEI WAHRHEITEN

DER NEUE FALL FÜR HARRY BOSCH

Illustration: © Favara, Black Cat Pattern

mittag. Erst am Abend um neunzehn Uhr begaben sie sich ins Rathaus, zur Wahlparty der Partei. Um Punkt zwanzig Uhr flimmerten die Ergebnisse über die Leinwand, die eigens für diesen Abend aufgebaut worden war. Der Sender France 2 versuchte nicht mal, die Spannung aufrechtzuerhalten oder noch eine gewisse Unsicherheit zuzulassen. Dafür war das Ergebnis zu eindeutig.

Dominique Lacroix war mit dreiundfünfzig Prozent der Stimmen im ersten Wahlgang zur neuen Bürgermeisterin von Paris gewählt worden. Ein einmaliges, absolutes Traumergebnis. Ihr Widersacher landete fast zwanzig Prozent hinter ihr, die restlichen Stimmen waren an Kandidaten kleinerer Parteien gegangen. Sogar die Wahlbeteiligung war hoch. Dominique sah den Commissaire in diesem Augenblick ungläubig an. Er nahm sie sofort ganz fest in den Arm und küsste sie. Aber schon in diesem Moment spürte er, dass sie sich tief in ihrem Inneren gewünscht hatte, der Kelch wäre an ihr vorübergegangen. Denn von diesem Augenblick an würde ihr Leben vollkommen anders werden, als es bisher gewesen war.

Und natürlich hatte der ganze Rummel unmittelbar begonnen: mit unzähligen Interviews und Fernsehdebatten, mit Selfies, für die Dominique mit jungen Wählerinnen und Wählern posieren musste, mit Autogrammen und Hunderten Gratulanten, die anriefen, darunter auch der französische Präsident.

Die Wahlparty war rauschend, aber erst zu später Stunde, als alle Fotografen verschwunden waren, wagte das Ehepaar Lacroix auch einen Tanz. Sich als ungelenken Tänzer auf einer Titelseite verewigt zu sehen – das wollte Lacroix dann doch nicht.

Trotz alledem hatten sie die darauffolgenden Tage verbracht, als wenn nichts geschehen wäre. Bis zur Amtsübergabe blieben ihnen noch zwei Wochen. Sie schliefen stets lange und machten viele Spaziergänge, sie gingen essen und ins Kino, sprich: Sie versuchten, die gemeinsame Zeit in vollen Zügen zu genießen.

Vor zwei Tagen hatte Dominique sich von ihren Mitarbeitern im Rathaus des siebten Arrondissements verabschiedet. Sie nahm nur einige wenige Vertraute mit in die neue Stellung, darunter ihre Assistentin Véronique. Es wurde ein tränenreicher Abschied. Lacroix' Frau hatte ihre Arbeit im Siebten sehr gemocht und war auch bei den dort angestellten Beamten äußerst beliebt gewesen.

Und nun ging es also los, am Dienstag, dem ersten September, dem schlimmsten aller Tage in Paris, der Beginn der sogenannten *rentrée*, wenn alle Angestellten und Beamten gleichzeitig aus ihren Urlaubsdomizilen zurückkehrten und den Büros entgegenstrebten, noch mit Sand in den Schuhen und bereits Sehnsucht nach dem nächsten Urlaub im Herzen. Ausgerechnet an diesem Tag wurde Dominique Lacroix, die Frau des Commissaires, die neue Bürgermeisterin der Stadt. Es war ihr erster Arbeitstag – und Lacroix wusste, dass er Dominique in dieser Woche nicht oft zu Gesicht bekommen würde. Wenn sie etwas Neues anging, war sie nicht nur eifrig, sie war fieberhaft. Sie wollte ihre Aufgabe gut machen, und das tat sie dann auch.

Blöd nur, dass er selbst so wenig zu tun hatte. Obwohl es natürlich nicht bedauerlich war, dass das Verbrechen ruhte. Es war ja auch weniger die Langeweile, die La-

croix quälte, als vielmehr dieses unangenehme Bauchgefühl, das ihn daran hinderte, die Ruhe zu genießen.

Vielleicht ist es auch der Hunger, dachte Lacroix, und mit dem würde es gleich vorbei sein. Denn just in diesem Moment öffnete er die Tür zum Chai de l'Abbaye, seinem Stammbistro, in dem er stets sein Frühstück einnahm.

Doch noch bevor er sich an den *zinq*, den alten Zinktresen mit den hölzernen Barhockern stellen konnte, kam Yvonne, die Patronne, auf ihn zugeeilt.

»Na, da bist du ja endlich!«

»Was ist denn los?«, fragte er, als er die Röte auf ihren Wangen sah, die sicher nicht von der Hitze in der Küche kam.

»Dein Büro hat schon viermal angerufen. Ob du denn endlich da seiest. Sie suchen dich. Es gab …«, sie senkte die Stimme, »es gab einen Mord. Jade Rio ist auf dem Weg hierher. Sie will dich abholen.«

»Einen Mord? *Mon dieu* …« Lacroix schwor sich, seinem Bauchgefühl nie wieder zu misstrauen. »Machst du mir bitte noch schnell einen *café* …« Doch bevor er den Satz beenden konnte, rauschte der kleine Renault Clio mit dem Blaulicht auf dem Dach auch schon auf den Bürgersteig und kam vor dem Chai zum Stehen. Auf dem Fahrersitz saß Jade Rio und winkte ihm zu.

»Vergiss es, Yvonne.«

»Magst du einen *café* zum Mitnehmen?«

Der Commissaire rümpfte die Nase. »Dass du jetzt diese schrecklichen Pappbecher angeschafft hast, ist eine Schande. Aber dass du auch noch denkst, ich würde daraus trinken – unerhört!« Er zwinkerte ihr zu. »Wir sehen uns später.«

Noch als er schon auf der Straße stand, hing ihm der Duft der frisch gebackenen Croissants in der Nase. Aber unterwegs zu essen kam für ihn einfach nicht infrage; dafür, fand Lacroix, war der Mensch nun mal nicht gemacht.

»Guten Morgen, Capitaine«, sagte er, als er in den Wagen einstieg.

»Morgen, Commissaire, leider kein guter«, erwiderte die Capitaine, die seit fast fünfzehn Jahren für ihn arbeitete. Am Grad ihrer Erregung konnte er abmessen, wie ernst es war. Heute sprach sie so schnell und ließ die Reifen beim Losfahren so laut quietschen, dass klar war: Es war todernst. »Ein Concierge hat uns angerufen. Die Wohnungstür in einem Appartement in der Rue Vavin stand offen. Er hat die Bewohnerin gefunden, eine junge Frau. Sie liegt tot im Schlafzimmer. Die Stadtpolizei ist vor Ort. Der Agent ist recht erfahren, und er sagt: Klarer Hinweis auf Fremdeinwirkung. Und das ausgerechnet heute! Paganelli hat seinen ersten Urlaubstag, wir sind auf uns allein gestellt.«

Lacroix flüsterte: »*Non, mais non*«, und schüttelte den Kopf.

»Was ist denn, Commissaire?«

»Hätte ich mir doch bloß nicht mehr Arbeit gewünscht.«

»Tja, wie heißt es immer: Sei vorsichtig mit dem, was du dir wünschst.«

»Sie haben so recht, Capitaine, so recht.«

2

Das Haus mit der Nummer 15, Rue Vavin, war ein schlichter Altbau, die dunkelgelbe Fassade hatte mal wieder einen Anstrich nötig, genau wie die schmiedeeisernen Brüstungen der Haussmannschen Balkone.

Jade Rio hatte es tatsächlich geschafft, die Strecke hierher in fünf statt der zu dieser Stunde üblichen zwanzig Minuten zu bewältigen. Lacroix musste sich erst mal strecken, als er aus dem Wagen stieg; während des ganzen Parcours hatte er sich angespannt am Haltegriff festgeklammert. Am Eingang zu dem Haus flatterte bereits das weiß-rote Absperrband der Pariser Stadtpolizei, und eine junge Beamtin mit blauer Schirmmütze stand unsicher davor.

»Guten Morgen«, begrüßte sie der Commissaire, »wir sind die Kollegen aus dem Kommissariat im sechsten.«

»Oh, Commissaire Lacroix«, antwortete die junge Frau und rang sich ein leichtes Lächeln ab. »Es ist mir eine Ehre.«

»Bitte, das ist nicht nötig«, murmelte der Commissaire. »In welcher Etage befindet sich die Leiche?«

»Mein Kollege ist bei ihr. Dritte Etage. Der Anblick … Ich habe mich gar nicht hochgetraut, weil er sagte, dass ich es lieber nicht tun solle …«

»Das war wahrscheinlich das Beste«, erwiderte Lacroix. »Haben Sie vielen Dank.«

Dann stieg er, Jade Rio im Schlepptau, die Treppen hinauf. Vor der Wohnung in der dritten Etage trat ein älterer Mann mit dunklem Teint und Vollbart unruhig von einem Bein aufs andere.

»Guten Morgen«, grüßte Lacroix, »Sie sind sicher der Concierge dieses Hauses?«

»Ganz recht, Monsieur. Alberto Vista ist mein Name. Ich kenne Sie, Commissaire, ich kenne Sie aus der Zeitung. Sie sind doch der Mann der Bürgermeisterin, nicht wahr?« Seine Augen glänzten. Doch bevor Lacroix ihn unterbrechen konnte, schien sich der Mann selbst wieder daran zu erinnern, warum der Commissaire hier war. »Ich habe …«, er zog die Worte in die Länge und bekreuzigte sich einmal, »die Tote heute Morgen gefunden.«

»Das muss ein schrecklicher Moment gewesen sein, Monsieur Vista«, sagte Lacroix und widerstand der Versuchung, dem Mann die Hand auf den Arm zu legen. Vista trug ein grobes Holzfällerhemd und eine Arbeitshose, sein Teint war dunkel, seine strubbeligen Haare und schweren Augenbrauen von einem tiefen Grau. Er war der Prototyp des Pariser Concierges, schon dem Namen nach musste er wie die meisten von ihnen aus Portugal stammen, ruhige Menschen, die hart arbeiteten und das ihnen anvertraute Haus bewachten, als wäre es ihr eigenes.

»Das war es wirklich. Wissen Sie, Commissaire, ich mache morgens immer einen Rundgang durchs Haus, bis in die oberste Etage. Einmal ist es vorgekommen, dass hier eingebrochen wurde, da war ich aber im Urlaub, daheim in Faro. Deshalb ist der Einbruch niemandem aufgefallen, und die Tür ganz oben unterm Dach

stand eine Woche offen. Seither steige ich jeden Morgen bis ganz nach oben. Und als ich dann die offene Tür von Mademoiselle Cantin sah, wusste ich gleich, dass etwas passiert sein musste.«

»Sie sind hineingegangen?«, fragte Lacroix.

»Nein, natürlich nicht. Vielleicht hatte sie ja auch Besuch, und die Tür war nicht richtig zugegangen. Ich meine, das Haus ist in fabelhaftem Zustand, aber es kann natürlich doch manchmal vorkommen, dass eine der alten Türen nicht richtig schließt. Also habe ich erst mal geklopft und nach ihr gerufen, erst leise und dann etwas lauter. Aber es hat niemand reagiert. Und dann bin ich hineingegangen.« Er stockte und bekreuzigte sich noch einmal. *»Meu Deus«*, fuhr er auf, »mein Gott, Commissaire, ich habe erst die Küche durchsucht und dann das Wohnzimmer – ich wollte ja auf keinen Fall ins Schlafzimmer gehen. Aber dann habe ich doch einen Blick hineingeworfen, die Tür stand offen. Da lag sie. Ich werde den Anblick nie vergessen. Wie sie … die Augen so zur Decke gerichtet … Es war … schrecklich.«

»Haben Sie irgendetwas angefasst?«

»Aber Commissaire, ich schaue doch auch Krimis. Nein, gar nichts, nicht einmal die Türklinke zur Wohnung, ich habe die Tür mit dem Fuß aufgestoßen. Sie werden meine Abdrücke dort nicht finden.«

»Sie sind aber wirklich gut informiert«, stellte Lacroix fest. »In Ordnung. Ich werde mir das Opfer einmal ansehen, und dann können Sie mir vielleicht noch ein wenig über Mademoiselle Cantin erzählen? Sie kennen die Bewohner Ihres Hauses doch sicher sehr gut?«

Der alte Concierge nickte, senkte dann aber den Kopf.

»Ja, ich kenne meine Bewohner, natürlich, aber ausgerechnet Mademoiselle Cantin lebt noch nicht lange hier. Vielleicht seit einem Jahr. Sie arbeitet den ganzen Tag, deshalb habe ich mit ihr noch nicht mehr als zehn Sätze gewechselt. Aber sie war immer sehr freundlich. Und sie führte auch sonst ein geregeltes Leben.«

Lacroix zog eine Augenbraue hoch. »Was heißt das denn, Monsieur Vista? Was ist denn in Ihren Augen ein geregeltes Leben?«

»Na, es ist ja nicht ihre Wohnung, sondern die Wohnung ihres – wie sagt man heute so neumodisch? – ihres Freundes. Monsieur Fallanquier hat die Wohnung geerbt, er selbst lebt aber in Barcelona und kommt nur am Wochenende nach Paris. Deshalb hat er seine Freundin hier wohnen lassen.«

»Gut. Haben Sie einen Kontakt zu diesem Monsieur Fallanquier? Meine Kollegin wird alles aufschreiben. Wissen Sie, welchen Beruf Mademoiselle Cantin ausgeübt hat?«

»Sie arbeitete in der Damenabteilung der Galeries Lafayette. Sie hatte ständig Tüten dabei, wahrscheinlich war sie eine ihrer besten Kundinnen.« Es sah aus, als müsste sich Monsieur Vista ein Lachen verkneifen.

»*Merci* für den Moment, Monsieur. Wir gehen nun nach oben. Würden Sie den Kontakt zum Wohnungsbesitzer heraussuchen, bis wir wieder herunterkommen?«

»Natürlich, Commissaire.«

Jade Rio nickte dem Mann zu, dann stiegen sie die hölzernen Stufen hinauf, die schon ganz ausgetreten waren von all den Menschen, die hier täglich treppauf, treppab gingen.

»Ich habe Docteur Obert schon erreicht. Er ist in zehn Minuten hier«, sagte Jade Rio.

»Auf Sie ist wirklich Verlass, Capitaine.«

Auf dem letzten Absatz vor der dritten Etage stand ein Uniformierter und sah nervös nach unten. Als er den Commissaire erkannte, hellte sich sein Gesicht auf.

»Puuh«, murmelte er, »*enfin*, na endlich.«

Lacroix sah ihm den Gefühlsausbruch nach, der Mann war wirklich recht blass um die Nase.

»Kein schöner Anblick«, sagte der Polizist leise. »Die Frau liegt auf dem Bett. Ich habe den Puls gefühlt, aber …« Er schüttelte den Kopf. »Wenn Sie jetzt hineingehen, darf ich dann unten vielleicht eine …« Er brach ab, als er den betroffenen Blick des Commissaires sah, aber dann nickte Lacroix, setzte ein freundliches Lächeln auf und sagte: »Natürlich, gehen Sie mal eine rauchen. Lassen Sie gleich nur Docteur Obert nach oben, wenn er hier eintrifft, *d'accord*?«

»*Bien sûr*, Commissaire.«

»Keine Einbruchsspuren«, sagte Rio, die die Türklinke und das Schloss in Augenschein genommen hatte.

»Danke, Capitaine.«

Ohne den Griff zu berühren, stieß Lacroix die Tür vorsichtig ein Stück weiter auf, dann betraten sie die Wohnung. Sie war klein, machte aber einen ordentlichen Eindruck. Alle Fenster gingen zur Straße hinaus, sodass es hier drinnen hell und luftig war. Kleine Staubflöckchen wirbelten durch die Sonne. Die Dielen waren frisch gewienert, und die Möbel schienen alle von ausgesuchter Qualität zu sein. Lacroix fragte sich, ob Mademoiselle Cantins Geschmack sich hier bereits niedergeschlagen

hatte; diese Auslese wirkte nicht so, als hätte ein Mann sie vorgenommen. Nirgendwo stand oder lag irgendetwas herum, keine Kleidung, kein Geschirr, keine Papiere. Es war wirklich ein penibel gepflegtes Appartement.

»Dort ist es wohl«, sagte Lacroix und stieß mit dem Fuß die Tür zu einem Schlafzimmer auf, das nicht weniger ordentlich war als das Wohnzimmer. Es gab hier nicht viel: einen hölzernen Kleiderschrank und ein weißes Bett mit einer weißen samtbezogenen Kopfstütze, darauf Kissen und Decke in weißer Bettwäsche, und auf dieser weißen Bettwäsche, einmal diagonal über die gesamte Bettbreite, lag die Frau. Sie trug ein dunkelblaues Kleid, ihre Augen waren tatsächlich verdreht und an die Decke gerichtet.

Lacroix und Rio blieben erst einmal in der Tür stehen, weil sie die Szenerie in sich aufnehmen mussten. Selbst sie beide, erfahrene Kriminalbeamte, mussten eine gewisse Überwindung aufbringen, die entscheidenden Schritte weiterzugehen, auch, weil es sich für den Commissaire so anfühlte, als übertrete er eine Grenze, als dringe er in die Privatsphäre dieser Frau ein.

Vorsichtig und langsam betraten sie das Zimmer, Jade Rio ging rechts am Bett entlang, Lacroix links. Ihm ragten die Füße der Frau entgegen, die noch immer in flachen Ballerinas steckten. Während Jade Rio zunächst den Schrank öffnete und unterm Bett nachsah, ob sich der Täter womöglich noch dort versteckte, nahm der Commissaire den Leichnam näher in Augenschein.

Das blonde Haar der Mademoiselle Cantin fiel glänzend über das Bett; sie musste sehr lange Haare haben. Auf dem nun fahlen Gesicht war dezente Schminke zu

sehen. Ein dunkelroter Lippenstift, leichtes Rouge auf den Wangen, das durch die darunterliegende Blässe viel kräftiger wirkte, beinahe obszön. Das Kleid war halblang und etwas zerknittert, als wäre es bereits einige Zeit getragen worden. Lacroix prägte sich jedes Detail der Erscheinung der jungen Frau ganz genau ein, denn er wusste, dass dies noch wichtig werden würde.

»Dort«, sagte Rio und wies auf den Hals. »Haben Sie schon gesehen, Commissaire?«

Lacroix nickte. Natürlich hatte er das riesige braune Mal schon gesehen, das sich um den Hals der Frau zog bis nach hinten in ihren Nacken. Ein Würgemal. Er wusste, dass dies die Ursache für den Tod der Mademoiselle Cantin war. Docteur Obert müsste es ihnen noch bestätigen, aber diese Verfärbung war so ausgeprägt, dass es den Commissaire verwundert hätte, wäre die Todesursache eine andere.

Die Hände lagen mit den Handflächen nach unten auf dem Bett, was bedauerlich war, weil Lacroix gern die Innenseiten der gelb lackierten Nägel gesehen hätte, aber er durfte die Frau jetzt nicht berühren. Vorher musste der Gerichtsmediziner seine Arbeit machen.

»Sie kam von einer Abendveranstaltung, oder?«, fragte Lacroix.

Rio nickte. »Sie ist sehr zurechtgemacht. Vielleicht ein *dîner*, ein Theaterbesuch oder ... ein Date?«

»Und der Täter hat hier gewartet oder ist ihr gefolgt. Sie hat sich nicht mal ausziehen können, bevor er sie angegriffen hat.«

»Ein sexuelles Motiv?«

»Möglich. Aber sie ist vollständig bekleidet. Wir müs-

sen wissen, wann sie nach Hause gekommen ist. Und …
mit wem …«

»Ich werde gleich die Überwachungskameras der Umgebung anzapfen. Eine Frau in blauem Kleid sollte doch auffällig genug sein, um sie zu finden.«

»Sehr gut. Und ich warte auf …«

Er konnte den Satz nicht beenden, weil in diesem Moment ein gepfiffenes Lied ertönte. Die Dielen im Hausflur knarrten unter schweren Lederschuhen, und dann stand Docteur Obert auch schon in der Tür, den letzten Refrain hatte er pünktlich beendet.

»Guten Morgen, Capitaine – und guten Morgen, mein lieber Maigret. Ausgerechnet an dem Tag, an dem mal Ihre Frau die erste Geige spielen sollte, holen Sie mich so früh aus dem Bett.«

»Ach, Docteur, bei uns zu Hause spielt meine Frau jeden Tag die erste Geige.«

»Daran habe ich keinen Zweifel.«

Obert trug wie stets einen eng geschnittenen Anzug aus Baumwolle, die kleine Fliege in grüner Farbe saß ordentlich und gerade im weißen Hemdkragen. Er nahm seinen Arztkoffer und trat einen Schritt näher.

»Eine wirklich schöne Frau«, murmelte er. »Und viel zu früh aus dem Leben gerissen. Herrje.« Er rückte seine Brille auf den Nasenansatz und beugte sich über den Hals der Toten. Nach einer Weile stellte er sich wieder aufrecht und schüttelte traurig den Kopf. »Das Ersticken ist wirklich eine der übelsten Todesarten. Es muss schrecklich gewesen sein für sie.«

»Sie wurde stranguliert?«, wollte Rio wissen.

»Nein, dafür sieht mir das Würgemal zu unförmig

aus. Ich würde denken, sie wurde mit den Händen erwürgt. Aber das bestätige ich Ihnen noch mal im Laufe des Tages.«

»Überprüfen Sie auch, ob …« Wieder konnte Lacroix nicht aussprechen, weil der Gerichtsmediziner dazwischenfuhr.

»Natürlich sage ich Ihnen auch, ob es Kampfspuren gibt und ob die Frau vor ihrem Tod Geschlechtsverkehr hatte oder vergewaltigt wurde. Was denken Sie denn, Maigret? Dass Sie der Einzige sind, der gut ist in seinem Job? Also geben Sie mir bis heute Abend, dann habe ich etwas Belastbares. Das hier …«, er wies auf den Leichnam, »das macht mich sehr wütend. Es ist einfach nicht gut, in seinen eigenen vier Wänden auf diese Art aus dem Leben zu scheiden – und in diesem Alter.« Obert griff zu seinem Mobiltelefon und forderte Verstärkung aus dem Institut médico-légal an, während Lacroix und Rio sich zum Gehen wandten.

Im Wohnzimmer hielt Rio noch einmal inne und wies auf eine Uhr, die neben einem teuren Laptop auf dem Tisch in einer Schale lag.

»Das ist eine echte Cartier«, sagte sie.

»Damit können wir einen Raubüberfall wohl ausschließen«, sagte Lacroix nickend.

»Manchmal wäre einem die einfachste Erklärung doch die liebste, oder, Commissaire?«

»Sie haben recht, Capitaine«, erwiderte Lacroix, als sie die Treppe hinabstiegen. »Diese Szenerie gefällt mir ganz und gar nicht. Es wirkt wie eine … nun ja …«

»Wie eine Inszenierung?«

»In der Tat, eine Inszenierung«, wiederholte Lacroix

und hörte, wie das Wort im hohen Treppenhaus nach-hallte.

Als sie wieder im Erdgeschoss angelangt waren, reichte ihnen der Concierge einen Zettel, auf dem er eine spanische Telefonnummer notiert hatte. »Hoffentlich erreichen Sie den Freund der jungen Frau.«

»Haben Sie heute Nacht etwas gehört? Streit, eine Prügelei, ein Rumpeln, etwas dergleichen?«

»Nein, Monsieur, das tut mir leid. Aber ich habe einen sehr festen Schlaf, und weil ich morgens so zeitig wach bin, gehe ich abends auch früh ins Bett. Ich bin keiner dieser Concierges, die ständig durch den Spion gucken, um seine Bewohner zu überwachen. So ein Verhalten finde ich ganz furchtbar.«

»Da haben sie recht«, erwiderte Lacroix und dachte dennoch bei sich, dass solche spitzelhaften Concierges ihnen schon des Öfteren die Arbeit erleichtert hatten. In diesem Fall aber sollte es nicht so sein.

»Wer ist denn der direkte Nachbar von Mademoiselle Cantin?«

»Eine ältere Dame, Madame Clignancourt. Sie ist allerdings schon seit ein paar Tagen im Krankenhaus. Eine Hüftoperation, die Arme. Und dann diese Treppen, die sie immer noch bewältigen muss ... Das wird nicht leicht. Aber ich werde ihr schon helfen.«

»Das ist sehr anständig von Ihnen, Monsieur Vista. Und darunter? Wer wohnt unter der Wohnung der Toten?«

»Ein Mann, der bei der Müllabfuhr arbeitet. Monsieur N'Djamena. Die Wohnung gehörte seiner verstorbenen Frau, wissen Sie? Er ist ganz früh zur Arbeit gegangen.«

»In Ordnung. Wann wird er wieder hier sein?«

»Er hat stets gegen vierzehn Uhr Feierabend. Dann müssten Sie ihn hier erreichen.«

»Sehr gut, das hilft uns sehr. Sollte Ihnen sonst noch etwas auffallen – oder einfallen –, dann rufen Sie jederzeit im Kommissariat des Sechsten an, *d'accord*, Monsieur Vista?«

»Natürlich, Commissaire, Sie können sich auf mich verlassen.«

»Capitaine«, sagte Lacroix, »würden Sie noch einmal nach oben gehen und die persönlichen Dinge der Toten durchsehen? Ich wüsste gern mehr darüber, wer sie war. Vielleicht gibt es Briefe oder ein Tagebuch – und wenn jemand das alles finden und schnell sichten kann, dann sind Sie es. Ich werde den Freund informieren und in die Galeries Lafayette fahren, um mit ihren Kollegen zu sprechen. Ah, und vielleicht warten Sie noch auf den Nachbarn von unten, der kommt ja schon in zwei Stunden von der Arbeit nach Hause. Einverstanden?«

»So machen wir es, Commissaire.«

»Dann sehen wir uns am Nachmittag im Büro und tragen die Ergebnisse zusammen. *À bientôt,* Capitaine.«

Lacroix trat vor die Tür und spürte die Sonne auf der Haut. Drinnen, so nah an der Toten, hatte ihn gefröstelt. Doch nun hatte sich die Spätsommersonne hinter den Wolken hervorgeschoben, die nur noch wie kleine Tupfer am Pariser Stadthimmel hingen. Es würde ein schöner Tag werden, dachte er, und dann durchfuhr es ihn, weil er wusste, dass die junge Frau diese Sonnenstrahlen nie mehr würde sehen können.

Bonjour, Patron«, begrüßte Lacroix den älteren Herrn, der die kleine Weinbar unweit der alten Markthallen in der Rue Saint-Honoré führte. Von hier aus wäre es später nur noch ein kleiner Fußmarsch zu dem Einkaufstempel auf den Grands Boulevards. Das Lokal war ein ganz und gar wunderbares Etablissement; es wirkte wie aus der Zeit gefallen. Vor der Tür standen Weinfässer, an denen sich nachmittags die Arbeiter und Angestellten des Viertels versammelten und rauchten und einfache Landweine aus kleinen bauchigen Gläsern tranken. Drinnen am alten Zinktresen standen die Rentner des Viertels, auch sie tranken schon am Mittag die Weine, die auf den alten Speisekarten an der Wand angepriesen wurden. Hier wurde zum *déjeuner* noch die deftige Kost aus Frankreichs ländlichen Regionen serviert, *andouillette*, die würzige Wurst aus Schweinedärmen, oder jene aus Aveyron, die hier mit fetten schwarzen Linsen serviert wurde, ebenso wie herrliche elsässische Schnecken in Knoblauchbutter oder herzhaft-krosse Entenkeulen aus der Aquitaine.

Lacroix aber besuchte das Bistro, wenn es auf seinem Weg lag, gerne auch noch aus einem anderen gewichtigen Grund. Am Ende des Gastraumes, dort, wo ein Gang zur Toilette führte, befand sich noch eine Telefonzelle in einem abgetrennten Raum. Wahrscheinlich,

so dachte Lacroix oft, war das Telefon nur noch seinet-wegen hier. Ansonsten hatte doch nun wirklich jeder Pariser ein Handy, oder etwa nicht? Auf der Straße je-denfalls gab es so gut wie keine Telefonzellen mehr. Der Commissaire aber sträubte sich nach wie vor, sich dem Diktat der modernen Technik zu beugen. Lieber nutzte er sein persönliches Netzwerk aus Telefonen und Fern-sprechern, das sich über die ganze Stadt erstreckte. So konnte er zudem das Angenehme mit dem Nützlichen verbinden.

»Oh, Commissaire, wie schön, Sie zu sehen«, erwi-derte der Patron und unterbrach das Polieren der Glä-ser, um ihn zu bedienen. »*Félicitations* übrigens, ich habe Ihre Frau natürlich auch gewählt, aber dieses klare Er-gebnis, das war schon ganz große Klasse.«

»Ja, Dominique hat sich tatsächlich sehr gefreut. Seit heute ist sie im Amt.«

»Na«, sagte der Wirt und klopfte auf den Tresen, »ich hoffe, sie kann etwas bewirken. Diese Staus in der Stadt wegen der ganzen neuen Fahrradwege, das ist schon eine Zumutung.« Lacroix schmunzelte. Die Autofahrer schimpften auf die Fahrradfahrer, die Fahrradfahrer auf die Autofahrer, die Fußgänger auf alle – und alle auf die Politiker. So war es eben in Paris, und so würde es immer sein.

»Brauchen Sie mal wieder einen Kontakt zur Außen-welt?«, fragte der Wirt.

»Genau. Und dazu hätte ich sehr gern einen Teller von Ihren leckeren *rillettes* – und ein Glas vom Roten. Was empfehlen Sie heute?«

»Ich habe einen feinen Beaujolais aus dem letzten Jahr,

der ist nicht so schwer und sehr fruchtig, ohne eine Spur süß zu sein. Darf es der sein?«

»Klingt hervorragend«, erwiderte Lacroix. Der Wirt strich von dem Entenschmalz auf einen Teller und gab Brot dazu sowie einige Scheiben von einer luftgetrockneten Salami, einer *saucisson sec*. Lacroix merkte, dass er sehr großen Hunger hatte, das Frühstück bei Yvonne im Chai war ja ausgefallen. Der Wirt reichte ihm Teller und Glas, und Lacroix nahm einen Schluck von dem Rotwein, der tatsächlich ganz frisch und leicht schmeckte, genau richtig für die Mittagszeit. Dann strich er sich die *rillettes* auf eine Scheibe Baguette und biss ab. Es war ein Fest: Das Fett und das Fleisch waren so wunderbar würzig und gleichzeitig zart, ein feiner Schmelz am Gaumen. Und auch die luftgetrocknete Salami war hervorragend.

»Das ist herrlich, Patron, *merci beaucoup*«, sagte Lacroix, nachdem er den ersten Hunger gestillt hatte. »Ich nehme das Glas mit zum Telefon, in Ordnung?«

»Natürlich, Commissaire, fühlen Sie sich wie zu Hause.«

Lacroix öffnete die hölzerne Tür zur Telefonzelle, trat ein, steckte reichlich Kleingeld in den Apparat, schließlich war es ein Auslandsgespräch, und dann wählte er die Nummer des jungen Mannes, der in Spanien lebte. Es klingelte tatsächlich ein wenig anders als in Frankreich, und schon nach Sekunden hob jemand ab. Eine sanfte männliche Stimme sagte:

»*Hola?*«

»Monsieur Fallanquier, entschuldigen Sie bitte die Störung, hier spricht Commissaire Lacroix aus Paris.«

»Oh«, die Stimme am anderen Ende wechselte ins

Französische, »*Bonjour, Monsieur*, was ist denn los? Ist was mit meiner Wohnung?«

»Nun, Monsieur, leider ist das nicht der Grund meines Anrufes, und es tut mir sehr leid, dass Sie es auf diesem Wege erfahren. Normalerweise würde ich solche Dinge nur persönlich mitteilen, aber die Zeit drängt: Wir haben Ihre Freundin, Mademoiselle Cantin, in Ihrer Wohnung tot aufgefunden.«

»Céline? Aber ... wie ... tot ...« Der Mann stammelte nur noch, Lacroix hörte ihn schwer atmen.

»Hören Sie, ich hoffe sehr, dass das kein Scherz ist ...«

»Monsieur Fallanquier, Sie können gerne im Kommissariat des sechsten Arrondissements anrufen und sich vergewissern, dass es leider kein Scherz ist. Es tut mir sehr leid. Ihre Freundin wurde Opfer eines Gewaltverbrechens, und es wäre sehr wichtig, dass Sie sich auf den Weg machen, um uns hier bei unseren Ermittlungen zu unterstützen.«

»Aber natürlich, das ... Ich buche sofort einen Flug. Aber ... wie ist das denn passiert?«

»Das ermitteln wir noch, Monsieur. Sie sind in Barcelona?«

»Ja, ich bin gerade im Büro und ...«

»Sie waren auch gestern den ganzen Tag und den Abend über in Katalonien?«

»Ja, natürlich, wo denn sonst? Ich lebe hier ...«

»Aber Sie leben auch teilweise in Paris?«

»Wir pendeln. Mal kommt Céline zur mir, dann reise ich wieder ein Wochenende nach Paris. Jetzt, im Sommer, sind wir natürlich hauptsächlich hier, denn Paris hat ja keinen Strand, aber ...« Er brach ab, wahrscheinlich

weil ihm auffiel, dass er immer noch in der Gegenwartsform von seiner Freundin sprach. Lacroix hörte ihn schluchzen.

»Monsieur, wir können alles besprechen, wenn Sie hier sind. Ganz kurz noch: Haben Sie gestern mit Ihrer Freundin telefoniert? Wussten Sie, was sie am Abend vorhatte?«

»Ja, wir haben telefoniert.« Der Commissaire konnte förmlich hören, wie der Mann am anderen Ende der Leitung fieberhaft überlegte. »Sie hat gestöhnt, weil sie noch so lange arbeiten musste. Gestern gab es ein Fest in den Galeries Lafayette, irgendeine Vorstellung der Herbstmode, und sie musste noch viel länger bleiben als sonst. Deshalb wollte sie am Abend auch nichts mehr unternehmen. Wir haben ja auch am Wochenende viel gefeiert, und sie ist erst gestern wieder aus Barcelona nach Paris geflogen.«

»Es gab keinen Hinweis darauf, dass sie noch jemanden treffen wollte?«

Der junge Mann zögerte, doch dann sagte er mit fester Stimme: »Céline war sehr attraktiv, und natürlich haben viele Männer versucht, mit ihr zu flirten, wenn Sie das meinen, Commissaire. Aber ich weiß, dass sie mir treu war und dass auf ihr Wort Verlass war. Und ...«, Lacroix hörte ein Lächeln in seiner Stimme, »wenn Céline müde war, dann war sie auch müde. Meine Freundin brauchte immer ihren Schönheitsschlaf. Sie ist bestimmt direkt nach Hause gegangen.« Er machte eine kleine Pause, aber Lacroix ließ ihm die Zeit, die er brauchte. »Ich weiß ja nicht, was passiert ist, Commissaire, aber wenn sie wirklich ... ermordet wurde, dann müssen Sie denjeni-

gen finden, der das getan hat, ja? Können Sie mir das versprechen?«

Lacroix atmete einmal tief durch, auf einmal war ihm sehr warm in der kleinen Telefonzelle. Der junge Mann rührte ihn. In freundlichem Ton sagte er: »Ich kann es Ihnen nicht versprechen, Monsieur, weil ich das noch nie getan habe und weil es auch Unsinn wäre, das zu tun. Ich kann Ihnen nur versichern, dass ich alles versuchen werde, was in meiner Macht steht – und dass ich bislang nur sehr wenige ungeklärte Mordfälle in meinen Akten habe. Reicht Ihnen das?«

»Ja, das tut es«, erwiderte der junge Mann leise. »Wenn Sie noch etwas von mir brauchen, dann rufen Sie mich jederzeit an.«

»Das werde ich. *Merci*, Monsieur Fallanquier.«

4

Eigentlich bevorzugte Lacroix die Gourmetabteilung der Galeries Lafayette, die sich gegenüber dem legendären Kaufhaus in einem anderen Gebäude befand. Hier gingen Dominique und er stets einkaufen, wenn sie ein schwieriges Gericht ausprobieren wollten und eine besondere Zutat brauchten. Denn in diesem Mekka der Gourmets gab es alles.

Heute aber betrat er das eigentliche Kaufhaus, und als er nach einigen Sekunden an die Decke sah, war er für einen Augenblick sprachlos. Er war schon so lange nicht mehr hier gewesen, dass er vergessen hatte, wie einmalig dieser Anblick war.

Vier Etagen schmiegten sich an eine große Rotunde, umfasst von schmiedeeisernen Balkonen, wie sie Baron Haussmann für die ganze Stadt vorgesehen hatte. Die Balkone und die Rundbogen waren mit herrlichen Ornamenten versehen und mit reichlich Blattgold verziert. Und über allem schien die gigantische Kuppel zu schweben, eine Halbkugel aus Glas, wie man sie sonst eher in Kirchen oder Opernhäusern vermutet hätte, eine Konstruktion aus Stahl und Bleifenstern, durch die zu dieser Stunde das nachmittägliche Sonnenlicht hereinflutete und das Kaufhaus in ein magisches Gold tauchte.

Hier hatte der Begriff *Konsumtempel* seine Berechtigung, denn dieses Gebäude wirkte wirklich beinahe

sakral. Auch die Tische und Ständer hatten nichts Profanes an sich, es gab hier nur ausgesuchte Marken, deren hochpreisige Produkte äußerst geschmackvoll präsentiert wurden. Dennoch ging Lacroix lieber in die kleinen Boutiquen *rive gauche*, wenn er mit Dominique einkaufen wollte, irgendwie mochte er die familiäre Atmosphäre dort mehr.

Nichtsdestotrotz überwältigte ihn der Anblick; er musste sich schier losreißen, um an die Arbeit zu gehen.

Lacroix hatte überlegt, sich vorher im Büro des Kaufhauses anzumelden, dann aber entschieden, doch lieber überraschend vorbeizukommen. Er hatte in all den Jahren gelernt, dass es immens wichtig war, die Reaktionen der Menschen mit eigenen Augen zu sehen. Übers Telefon fiel es vielen Menschen leichter, ihre Gefühlsregungen zu verbergen.

Der Commissaire nahm die Rolltreppe in die erste Etage. Hier waren die wichtigsten Marken der Damenmode vertreten. Gerade ging er an den Aufstellern mit Kleidern und Pullovern vorbei, als eine Verkäuferin ihn freundlich ansprach.

»Suchen Sie etwas für Ihre Gattin, Monsieur? Kann ich Ihnen helfen?«

Lacroix wandte sich der jungen Dame zu und erwiderte: »Vielleicht können Sie mir tatsächlich helfen. Sagen Sie, wer leitet diese Etage hier? Ich müsste mit demjenigen kurz sprechen.«

»Natürlich«, erwiderte die Verkäuferin, und ihre Stimme war nicht ohne Neugier, »ich rufe Monsieur Thibault herauf.«

Sie sprach in ein kleines Gerät, das an ihrer Bluse fest-

gemacht war. Es war Lacroix vorher gar nicht aufgefallen. Nach wenigen Sekunden nickte sie. »Er wird gleich hier sein, Monsieur.«

Und richtig, nach etwa einer Minute erschien ein Mann Mitte vierzig mit gold umrandeter Brille. Er trug einen dunkelblauen Zweireiher mit weißem Einstecktuch, der oberste Knopf des weißen Hemdes stand offen und ließ graues Brusthaar erkennen.

»Monsieur? Wie kann ich Ihnen …«, er stockte, »oh, welch eine Ehre, Sie sind doch der berühmte Commissaire, der Mann von Domi… ähm, unserer Madame le Maire … ist es nicht so?«

Lacroix konnte sich gerade noch zusammenreißen, um nicht die Augen zu verdrehen. Er scheute jede Art von Öffentlichkeit, und er hatte es stets gehasst, wenn die Presse ihn nach gelösten Fällen feierte, weil er dann nicht mehr in die Bars und Bistros seiner Stadt gehen konnte, ohne dass die Leute mit dem Finger auf ihn zeigten. Doch er ahnte schon, dass die Prominenz seiner Frau ab heute die seine bei Weitem übertraf – und dass es fortan noch sehr viel schwieriger sein würde, unerkannt durch Paris zu flanieren.

»Ja, in der Tat, Monsieur Thibault, der bin ich. Commissaire Lacroix aus dem Hôtel de Police im sechsten Arrondissement.« Er senkte die Stimme, weil die junge Verkäuferin sich immer noch in ihrer Nähe herumtrieb. »Ich komme leider in einer sehr traurigen Angelegenheit.«

Sofort änderte sich die Miene des Mannes. Statt Freude spiegelte sie nun eine Mischung aus Neugier und Furcht.

»Es ist so, dass wir heute Morgen Mademoiselle Can-

tin tot aufgefunden haben. Sie ist doch Ihre Mitarbeiterin?«

Der Ausdruck auf Monsieur Thibaults Gesicht veränderte sich abermals. Er riss die Augen auf und schlug sich die Hand vor den Mund.

»Nein, das kann nicht …«, stotterte er. »Sie war doch gestern auf der Präsentation so hinreißend … Was ist denn passiert? Nun sagen Sie schon, Commissaire …«

»Mademoiselle Cantin wurde ermordet, in ihrer eigenen Wohnung. Es war irgendwann in dieser Nacht. Sie wurde am Morgen gefunden.«

»Das ist ja furchtbar …« Monsieur Thibault war so blass geworden, dass Lacroix für einen Moment fürchtete, der Mann könnte ohnmächtig werden.

»Gestern Abend haben Sie Mademoiselle Cantin noch auf der Präsentation gesehen?«

»Ja. Es war die größte Show für die Herbstmode, wir laden dazu alle Stammgäste ein. Auf- und Abbau übernehmen Messebauer, die schon seit Jahren für die Galeries Lafayette arbeiten, aber ein Mitarbeiter von uns muss den Abbau immer bis zum Schluss beaufsichtigen, damit der Betrieb am nächsten Morgen gleich weitergehen kann. Und gestern war das die arme Céline.«

»Wie lange wird sie hier gewesen sein?«

»Moment …«, Monsieur Thibault zückte sein Handy und wischte mit den Fingern über den Bildschirm. »Früher hatten wir Stechuhren«, fügte er erklärend hinzu, »aber heute geht das alles elektronisch. Wir wissen, wann unsere Mitarbeiter kommen und gehen. Ähm … Céline hat um 23:42 Uhr das Kaufhaus verlassen. Das musste sie auch, weil sie später die letzte Metro nicht bekommt.

Herrgott, Commissaire, ich kann es immer noch nicht glauben. Wer macht denn so was?«

»Das werden wir jetzt herausfinden. War Mademoiselle Cantin eine gute Mitarbeiterin?«

»Eine unserer Besten. Sie hat den perfekten Blick für die Kundinnen, und sie sagt ihnen ganz ehrlich, ob ihnen etwas steht oder nicht. Das ist in unserer Branche Gold wert. Denn wenn die Damen Vertrauen in die Verkäuferin haben, kommen sie immer wieder.«

»Wissen Sie von einem Freund?«

»Ja, Céline ist mit einem Mann zusammen, der in Barcelona lebt, einem Franzosen. Deshalb hatte sie ja gestern Spätdienst, weil sie erst am Morgen aus Spanien zurückgekommen ist. Sie pendelt oft zu ihrem Freund.«

»Hatte sie hier auf der Arbeit noch … nun ja, eine Liaison oder etwas Ähnliches, wovon Sie wissen?«

Monsieur Thibault setzte eine strenge Miene auf und schüttelte den Kopf. »Céline war eine ganz und gar anständige junge Frau. Sie kam jeden Tag zur Arbeit, und wenn sie frei hatte, verbrachte sie jede Minute mit ihrem Freund. Ich glaube, die beiden hätten bald geheiratet.«

»Wie standen Sie zu Céline Cantin, Monsieur Thibault?«

»Wenn Sie meinen, ob wir uns auf der Weihnachtsfeier geküsst haben, Commissaire, dann kann ich sagen: Ja, aber nur auf die Wange. Jeder hier weiß, dass ich schwul bin.«

»Sagen Sie … Ich würde sehr gern die Aufzeichnungen der Überwachungskameras sehen, besonders von jenem Moment, als Mademoiselle Cantin gestern das Haus verließ. Ist das möglich?«

»Natürlich, Commissaire. Ich tue natürlich alles, was in meiner Macht steht, um Ihnen zu helfen – auch wenn es nicht viel ist. Kommen Sie ...«

Er führte den Commissaire die Rolltreppe hinunter und an den Verkaufsständen vorbei. Hinter einem Reklameaufsteller begann ein langer Gang, an dessen Ende sich eine weiße Tür befand. Hier wurden sonst offenbar nur jene Kunden hergebracht, die versucht hatten, die Galeries Lafayette zu bestehlen. Denn als Monsieur Thibault mit einem Code die Tür geöffnet hatte, sah sich Lacroix drei Kaufhausdetektiven gegenüber, die allesamt orangefarbene Armbinden mit der Aufschrift *Sécurité* trugen. Sie sahen nur kurz auf, weil sie vollauf damit beschäftigt waren, über ein gutes Dutzend Monitore die Etagen zu überwachen.

»Entschuldigt, Männer, das hier ist Commissaire Lacroix. Wir müssen einmal die Aufnahmen von gestern Abend sehen. Den Personaleingang, um 23:40 Uhr.«

Einer der bulligen Typen nickte, und schon fuhrwerkte er mit den Händen auf der Tastatur herum. Ein Klicken war zu hören, und der mittlere Bildschirm sprang auf eine nächtliche Straßenszene um. Nicht der Boulevard Haussmann, wo der Haupteingang des Kaufhauses lag, war zu sehen, sondern die parallel verlaufende kleine Rue de Provence. Lacroix kannte sie. Hier entlang kamen also die Mitarbeiter der Galeries Lafayette zur Arbeit oder gingen abends nach Hause. Oder eben nachts, wie in diesem Fall.

Gebannt starrten Monsieur Thibault und Lacroix auf die geschlossene Tür. Quälend lange drei Minuten passierte gar nichts, dann endlich ging sie tatsächlich auf.

Eine junge Frau trat heraus. Sie trug ein blaues Sommer-kleid, das elegant und dennoch nicht protzig aussah. Céline Cantin war wirklich strahlend schön. Lacroix spürte ein unangenehmes Ziehen im Magen. Dieser jun-gen Frau dabei zuzusehen, wie sie sich erschöpft und ahnungslos auf den Heimweg machte … Ein leichtes Lächeln umspielte ihre Lippen, als hätte sie einen sehr schönen Tag gehabt. Dann gähnte sie einmal, bevor sie aus dem Bild verschwand. Gleich darauf würde sie auf ihren Mörder treffen, und sie war ihm hilflos ausgelie-fert. Es machte ihn wahnsinnig. Und in diesem Moment schwor er sich, dass er ihren Mörder finden würde – je früher, desto besser.

»Lassen Sie es noch weiterlaufen bitte.«

Sie warteten noch weitere drei Minuten, doch die Tür blieb geschlossen. Lacroix nickte.

»Ich danke Ihnen, Monsieur Thibault, ich habe erst einmal alles, was ich brauche. Bitte informieren Sie die Kollegen von Mademoiselle Cantin. Wenn jemand etwas aussagen möchte, dann soll er sich sehr gerne bei uns im Kommissariat melden, in Ordnung?«

»Natürlich, Commissaire, natürlich.«

Der Spaziergang durch die Stadt hatte Lacroix die Gelegenheit gegeben, das wenige zu durchdenken, was er bisher wusste. Jetzt war er gespannt auf Jade Rios Neuigkeiten. Deshalb nahm er die Treppen in die dritte Etage mit zügigem Schritt. Als er in sein Büro eintrat, sah er, dass sie bereits ganze Arbeit geleistet hatte: An der Glaswand, die den kleineren Raum von dem Groß- raumbüro trennte, wo seine Kollegen arbeiteten, klebten schon Fotos aller Personen, die bisher in dem Fall aufge- taucht waren. Natürlich war eine Aufnahme der Leiche darunter, aber auch das Passfoto von Mademoiselle Can- tin, das einen Eindruck davon vermittelte, was für eine Frau sie gewesen war. Außerdem hingen dort Bilder des Concierges und ihres Freundes Monsieur Fallanquier, mit dem Lacroix vorhin telefoniert hatte. Er war ein gut aussehender Mann mit markanten Zügen, seine braunen Augen schauten freundlich drein, sogar auf dem biome- trischen Passbild. Dann gab es da noch das Foto eines anderen Mannes. Er war schwarz, Mitte, Ende vierzig, hatte eine Glatze und tiefe Falten im Gesicht.

»*Merci*«, sagte Lacroix und wies auf die Glaswand.

»Ich weiß doch, dass Sie so am besten arbeiten können, Commissaire. Und weil Paganelli nicht hier ist, musste ich mich eben etwas sputen. Also was haben Sie heraus- gefunden?«

»Der Freund der Toten war gestern Abend in Barcelona, sagt er. Checken Sie bitte, ob sein Name nicht doch auf irgendwelchen Passagierlisten auftaucht – er könnte ja auch am Abend hergeflogen sein und heute Morgen mit dem ersten Flieger zurück. Mit dem Zug hätte er es nicht bis zum Mittag geschafft. Mit dem Auto … mmh, wäre möglich, aber das halte ich für reichlich unwahrscheinlich.«

»Das überprüfe ich, Commissaire.«

»Sie war bis 23:42 Uhr in den Galeries Lafayette. Sie hat den Abbau einer Veranstaltung beaufsichtigt. Es waren auch viele Messebauer da, aber Mademoiselle Cantin ist ganz alleine aus dem Gebäude gekommen, niemand ist ihr gefolgt. Der Mörder war also nicht schon auf der Arbeit hinter ihr her. Was haben Sie, Capitaine?«

»Ich habe den Nachbarn befragt.« Sie wies auf das Foto des Schwarzen, das an der Glaswand hing. »Ein netter und hilfsbereiter Mann, auch wenn sein Schock groß war. Er sagt, er habe geschlafen wie ein Baby und gar nichts gehört. Keinen Laut. Er hat im Lauf des Gesprächs auch dreimal gegähnt, ich glaube, sein Job ist wirklich sehr hart. Kein Wunder, dass er nachts tief und fest schläft.«

»Also hat das gar nichts ergeben?«

»Leider nein. Aber etwas ist mir aufgefallen, als ich die Sachen des Opfers durchsucht habe.«

»Was denn, Capitaine?« Manchmal hatte Rio die unangenehme Eigenschaft, ihn auf die Folter zu spannen.

»Es gab kein Tagebuch oder dergleichen, nur ein paar Liebesbriefe, die ihr Freund aus Spanien geschickt hatte. Sie sind seit drei Jahren zusammen, wenn ich das richtig

gelesen habe. Aber nein, es ist etwas anderes. Da waren der Laptop und alle anderen Wertsachen. Aber was gefehlt hat, ist ihr Handy.«

»Oh, *mon dieu* ...«, entfuhr es Lacroix. Dass er das nicht gleich bemerkt hatte! Natürlich, er selbst hatte kein Handy, deshalb war es für ihn kein ganz selbstverständlicher Besitz. Aber außer ihm schien jeder andere Mensch in Paris sein Mobiltelefon in jeder Sekunde bei sich zu tragen, im *resto*, auf der Toilette, im Bett. Und wirklich, auch er hatte das Handy der jungen Frau nirgendwo in der Wohnung gesehen.

»Haben Sie alles durchsucht?«

»Ganz gründlich. Aber da war nichts. Es ist auch nicht unters Bett gefallen oder so. Der Nachbar hatte aber glücklicherweise ihre Handynummer, so konnte ich eine Funkzellenabfrage beantragen. Und jetzt kommt's ...«

Wieder sah sie den Commissaire erwartungsvoll an, als wäre er es, der ihr eine Offenbarung zu machen hätte. Endlich fuhr sie fort: »Das Handy von Mademoiselle Cantin war genau in jenen Funkzellen eingeloggt, die zwischen den Metrostationen Chaussée d'Antin – La Fayette und Vavin liegen. Sie ist also tatsächlich um 23:50 Uhr losgefahren und hat offenbar die nördliche Route benutzt, mit der 7 bis Gare de l'Est und dann mit der 4 bis Vavin. Vielleicht wollte sie nicht am Bahnhof Strasbourg-Saint-Denis umsteigen, so spät in der Nacht. Na, jedenfalls ist sie um 0:12 Uhr zu Hause angekommen, denn da loggt sich ihr Telefon in die dortige Funkzelle ein.«

»Und da ist es bis jetzt?«

»Eben nicht, Commissaire. Ihr Handy bleibt bis

1:18 Uhr bei ihr daheim. Dann verlässt es die Funkzelle in der Rue Vavin. Und bewegt sich in Richtung Süden.«

Lacroix hielt den Atem an.

»Der Mörder hat das Handy mitgenommen?«

»Das hat er. Er hat sich nach Denfert-Rochereau bewegt, und dann …«, sie schüttelte den Kopf, »um 1:29 Uhr wurde das Gerät ausgeschaltet.«

»*Putain* …«, murmelte Lacroix, »na, es wäre ja auch zu schön gewesen, um wahr zu sein. War der Täter zu Fuß unterwegs?«

»Ja. Das Handy bewegte sich nur sehr langsam zwischen den Funkzellen. Die letzte Metro war ja eh schon weg, und er hat kein Taxi genommen – und auch kein Fahrrad. Er war zu Fuß unterwegs, Commissaire.«

»Sehr gute Arbeit, Capitaine. Haben wir schon die Auswertung der Kameras in den Metrostationen?«

»Die habe ich angefordert. Aber es ist der Dienstag der *rentrée*. Da müssen die Kollegen sicher erst das Passwort ihres Computers wieder rausfinden, weil sie es in den sechs Wochen Urlaub vergessen haben.«

»Ich denke, Paganelli macht es genau richtig. Ich sollte nächstes Jahr auch einfach zur *rentrée* in den Urlaub gehen.«

»Wem sagen Sie das, Commissaire …« Jade Rio stöhnte. »Ach, übrigens: Romy Schneider ist offenbar auch aus dem Urlaub zurück. Sie hat vorhin hier angerufen, um sich über den Mord zu erkundigen. Scheint schon was durchgedrungen zu sein …«

»Natürlich zieht das Kreise. Ein Frauenmord … furchtbar«, erwiderte Lacroix.

Romy Schneider war Journalistin der Zeitung *Le Pari-*

sien und für die großen Kriminalfälle in der Hauptstadt verantwortlich. Der Commissaire hatte es schon des Öfteren mit ihr zu tun bekommen, freiwillig und manchmal leider auch unfreiwillig.

»Vorerst halten wir dicht. Ich kann keine wilden Spekulationen auf Papier ertragen.«

»In Ordnung, Commissaire. Und was machen wir jetzt?«

»Ich werde gleich Docteur Obert einen Besuch abstatten, vielleicht hat er Neuigkeiten. Wir warten, ob etwas auf den Aufnahmen der Verkehrsüberwachung zu sehen ist. Sie checken die Passagierlisten der Barcelona-Flüge von gestern und heute. Und ich überlege, wie wir der armen Mademoiselle Cantin noch etwas näher kommen können.«

»Und was, wenn sie tatsächlich ein Zufallsopfer war?«

Lacroix atmete einmal tief durch. »Dann haben wir wirklich ein Problem.«

Denn er wusste, dass es schwierig bis unmöglich war, einen Mörder zu finden, der in keinerlei Beziehung zu dem Opfer stand. Eine solche Ermittlung glich einer Suche nach der Nadel im Heuhaufen – und allzu oft konnte auch ihnen dann nur der Zufall helfen. Der Zufall oder der Täter selbst, indem er einen Fehler machte. Aber dafür müsste es ein weiteres Verbrechen geben … Lacroix schloss die Augen. Das mussten sie um jeden Preis verhindern.

6

Der Verkehr auf dem Boulevard Saint-Germain staute sich stadtauswärts, ganz so, als hätte es die vorangegangenen Wochen gar nicht gegeben. Im Juli und August waren die Straßen von Paris so ausgestorben, dass man ohne größere Probleme durch die gesamte Stadt fahren konnte. Es ging zügig in alle Richtungen, und sogar Parkplätze gab es. Paris war in diesen zwei Monaten wirklich »ein Fest fürs Leben«, wie Hemingway einst sein Buch genannt hatte. Aber nun war alles wieder beim Alten – die Stadt trat in ihren gewohnten Zustand des Chaos ein.

Hier, auf Höhe des Polizeireviers in der Rue de la Montagne Sainte-Geneviève, befand sich das aktuell engste Nadelöhr im Feierabendverkehr, weil die Busspur durch eine Baustelle versperrt wurde, die nicht rechtzeitig in den Ferien fertig geworden war. Also mussten Busse und Taxis auf die drei Fahrspuren einfädeln, die sonst für die »normalen« Verkehrsteilnehmer da waren – und so kam es zu einem Stau, der dreimal so lang war wie sonst. Das war nun gar nichts für die noch urlaubsbraunen Pendler-Rückkehrer, die genervt hupten oder verzweifelt aufs Lenkrad trommelten. Lacroix kam nicht umhin, ungläubig den Kopf zu schütteln.

Er entschied sich gegen den Bus und ging stattdessen zu Fuß über die Île Saint-Louis – nicht ohne einen Blick

hinüber zum Rathaus zu werfen und sich zu fragen, was Dominique wohl gerade tat. Ob sie ein gutes Mittagessen mit ihrem Vorgänger gehabt hatte? Ob die Mitarbeiter des Rathauses sie mochten? Lacroix hatte keinen Zweifel daran – wie sollte man Dominique nicht gut leiden können?

Er ging an der Seine entlang, vorbei am Pont d'Austerlitz, drüben leuchtete der Jardin des Plantes mit seinem beruhigenden Grün inmitten dieses städtischen Chaos.

Das Institut médico-légal befand sich hier in einem altehrwürdigen Backsteinbau genau am Flussufer. Auf der anderen Seineseite ratterte die Metro der Linie 5 von einer Hochbahn in ihren Schacht.

Lacroix betrat das Gebäude durch den Hintereingang und stieg sogleich die Treppe hinunter in den kühlen Keller, den er mindestens einmal bei jedem neuen Fall besuchte, schließlich kamen hierher alle Verstorbenen von Paris, deren Tod Anlass für Zweifel bot.

»An seinem Schritt werdet ihr ihn erkennen«, rief die Stimme schon von unten herauf. »Na, Commissaire, Sie sind im Urlaub wieder etwas schwerer geworden, oder? Ich dachte es mir vorhin schon. Aber ich wollte vor Ihrer Kollegin nichts sagen.«

»Charmant wie eh und je, Docteur«, begrüßte ihn Lacroix und reichte ihm die Hand. Der Gerichtsmediziner zog die Gummihandschuhe aus und schüttelte die Hand des Commissaires.

»Gut, dann wollen wir mal. Aber was Sie zu hören bekommen, wird Sie nicht erfreuen.«

Sie gingen durch den Flur und kamen zum Sektionsraum, der bis auf einen Leichnam gänzlich leer war.

»So ruhig heute?«, fragte Lacroix verwundert.

»Nun, bis gestern starben die Leute lieber in Saint-Tropez oder Cannes. Aber keine Sorge, ich werde sicher nicht arbeitslos, mit der *rentrée* wird auch mein Auftragsbuch wieder voller. Aber nun zu Ihrer Toten ...«

Docteur Obert führte ihn zu dem metallenen Tisch, auf dem unter einem weißen Tuch ein Körper zu erahnen war. Der Docteur wollte es gerade wegziehen, aber der Commissaire winkte ab.

»Erzählen Sie mir erst einmal, was Sie herausgefunden haben, dann können wir uns das vielleicht ersparen.« Auch wenn er ein alter Hase war – der Anblick einer Toten, noch dazu der einer so jungen Frau, die ihr ganzes Leben noch vor sich gehabt hätte, berührte Lacroix immer noch bis ins Mark.

»Céline Cantin, neunundzwanzig Jahre, geboren in Uzès in der Provence, aber das haben Sie ja alles. Vorneweg: Sie war kerngesund, keinerlei gesundheitliche Probleme, ein sehr guter Zahnstatus, ich würde sagen, eine junge Frau aus sehr guten Verhältnissen. Die Todesursache ist klar, und wie wir es uns schon gedacht haben: Sie wurde erwürgt, mit sehr großer Kraft und mit bloßen Händen. Ich konnte an dem Würgemal praktisch noch die Druckstellen der Finger erkennen. Echte Fingerabdrücke kann man auf der Haut natürlich keine nehmen.«

»Wie sieht es mit DNA-Spuren aus? Unter ihren Nägeln oder dergleichen?«

»Es gibt keine Anhaltspunkte für einen Kampf. Es scheint so, als hätte der Täter sie überrascht und aufs Bett geworfen – und als hätte er sich dann auf ihre Arme gesetzt. Jedenfalls habe ich Blutergüsse an den Oberarmen

gefunden, die diesen Schluss nahelegen. Deshalb konnte sie sich nicht wehren – und deshalb habe ich auch keine DNA-Spuren gefunden, die uns weiterbringen.«

»Und …« Lacroix brauchte die Frage nicht zu beenden.

»Nein. Und wenn Sie erlauben, Commissaire: Das ist das Merkwürdigste. Auch wenn es für die junge Frau sicher … nun ja, Sie verstehen schon. Nein, sie wurde nicht vergewaltigt, nicht missbraucht, nichts dergleichen. Sie war komplett angekleidet – er hat sie nicht angerührt. Es gibt Spuren von Geschlechtsverkehr, aber der liegt schon etwas zurück.«

»Und das beunruhigt Sie? Dass sie nicht vergewaltigt wurde?«

Docteur Obert stöhnte. »Ich sehe hier so viele Frauen, die missbraucht wurden – oder gar vergewaltigt – und die man ermordet hat, um diese Tat zu verbergen, oder es gibt solche schrecklichen Affekttaten – dieser ganze Scheiß, der in einer Großstadt passiert. Aber hier – eine junge Frau, die einfach erwürgt wird, ohne ein sexuelles Motiv? Ohne einen Raub? Verzeihen Sie, Commissaire, aber das ist schlicht merkwürdig. Ein Mann, der ohne Motiv mordet … Das ist … sehr beunruhigend.«

»Das denke ich auch, Docteur – aber ich wollte es gerne von Ihnen hören.«

7

Der Blick auf die Uhr sagte ihm, dass es noch zu früh war, um nach Hause zu gehen. Deshalb bat er den Taxifahrer, der ihn in gerade einmal fünf Minuten stadteinwärts gebracht hatte – es staute sich ausschließlich in die Gegenrichtung –, ihn am Chai de l'Abbaye abzusetzen. Er öffnete die Tür und fand das kleine Bistro ganz verändert vor. Manchmal kam er zum Frühstücken in das altmodische Lokal und so gut wie immer zum *déjeuner*, aber abends war er nur selten hier. Um diese Zeit fand sich eine ganz andere Gesellschaft hier ein, stellte er fest: junge Leute, die am Tresen standen und nach der Arbeit noch auf einen Cocktail ausgingen; Paare, die sich ein frühes Abendessen gönnten; und vor der Tür saßen einige Touristen und probierten die herzhaften Gerichte des ländlichen Frankreichs, die Yvonnes Mann in Vollendung zubereitete.

Auch der Lärmpegel war jetzt ein anderer, und dennoch hörte Lacroix ganz genau die Überraschung in der Stimme der Wirtin hinterm Tresen, die ihn schon entdeckt hatte.

»Na, ich dachte schon, du kommst heute gar nicht mehr wieder, Commissaire.«

»Natürlich komme ich, Yvonne. Meinst du, ich könnte es einen ganzen Tag ohne dich aushalten?«

Die Patronne zwinkerte ihm zu. »Was magst du haben?«

»Ich nehme ein kleines Meteor«, erwiderte er, und schon begann die Wirtin, ein Glas des frischen und kalten Biers aus dem Elsass zu zapfen, das der Commissaire so sehr liebte.

»Was zu essen?«

»Für den Moment nicht«, erwiderte er, nahm ihr das Glas ab und trank einen großen Schluck. Einen Moment lang beobachtete er die Leute am Tresen, dann ließ er den Blick aus dem Fenster schweifen, und er sah, wie draußen die Passanten vorbeieilten, aus den Büros kommend entweder auf dem Weg nach Hause oder zu der einen oder anderen Vergnügung, die der Abend noch bereithielt.

Als er das Glas ausgetrunken hatte, bemerkte er, dass Yvonne ihn mit einem ungewohnten Blick ansah. Lag Wachsamkeit darin? Oder vielleicht sogar Beunruhigung?

»Mmh?«, murmelte er.

»Ich sehe dich selten so«, sagte sie über den alten Zinktresen hinweg. »Aber wenn ich dich so sehe, weiß ich, dass es besser ist, am nächsten Tag nicht die Zeitung aufzuschlagen.«

Er zeigte auf sein leeres Glas, und sie zapfte ihm sogleich ein neues. Als sie es vor ihn hinstellte, murmelte er: »Ich bin in der Tat beunruhigt, *ma chère*, wie könnte ich dir auch etwas vormachen?«

»Was ist geschehen, Commissaire?«

»Eine junge Frau ist ermordet worden. Aber es gab keinen Raub, es gibt kein Motiv und keinen Verdächtigen aus dem näheren Umfeld – und der Täter hat sie nicht … nicht angerührt. Das ist …«

»… nein, das ist ganz und gar nicht gut.«

Ihre Aufmerksamkeit wurde von einem großen schwarzen Wagen abgelenkt, der vor der Tür hielt. Die Beifahrertür ging auf, und heraus stieg …

»Dominique«, sagten die Wirtin und der Commissaire im Chor.

Die Bürgermeisterin trat ein, und sofort verstummten die Gespräche. Alle Augen folgten der großen Dame in ihrem Kostüm, die aber nur Augen für einen hatte. Sie nickte den Gästen des Bistros freundlich zu, kam aber direkt auf den Commissaire zu. Zuerst reichte sie Yvonne die Hand, dann umarmte sie ihren Mann und gab ihm die drei *bises*.

»Dachte ich's mir doch, dass ich dich hier finde«, sagte sie, »ich wollte nur mal nachschauen, ob ich vielleicht recht habe.«

»Das hast du, *ma chère*, und ich bin sehr froh, dich zu sehen.«

»Mein Tag war anstrengend, aber sehr gut.« Sie senkte ihre Stimme. »Und nun will ich dich fragen: Möchtest du mit der Bürgermeisterin nach Hause fahren?«

»Ich möchte nichts lieber als das«, erwiderte der Commissaire.

Die Stadt wird nervös

Das Telefon klingelte zu früh, als dass es etwas Gutes bedeuten konnte. Lacroix beugte sich über Dominique, die tief und fest schlief; er hatte nicht die leiseste Ahnung, wie sie das immer machte. Und wieder einmal fragte er sich, warum der Apparat seit Jahren auf ihrer Seite des Bettes stand, obwohl alle Anrufe stets ihm galten.

»Mmh, Lacroix?«, brummte er.

»Commissaire, diesmal haben die Nachbarn etwas gehört. Aber leider haben sie zu spät nachgesehen, um noch etwas zu verhindern.« Jade Rios Stimme klang, als wäre sie schon seit Stunden hellwach.

»*Mais non*«, murmelte er und rieb sich die rechte Schläfe, »haben wir etwa wieder eine Tote?«

»Tut mir leid, Commissaire, aber so ist es. Es ist wie gestern. Eine junge Frau, in der Rue de Condé.«

»Die Rue de Condé, ist das bei Odéon?«

»Genau dort, eine kleine Seitenstraße.«

»Verdammt. Ich mache mich sofort auf den Weg.«

»Ich bin in drei Minuten da, Commissaire. Ich warte dort auf Sie.«

»Bis gleich, Capitaine.«

Lacroix stand auf und kleidete sich rasch an. In seinem Kopf rotierte es. Er hatte schon am Abend so ein Bauchgefühl gehabt – aber was hätte er tun sollen? Die gesamte

Stadt räumen, weil eine Frau umgebracht worden war? Trotzdem grummelte es in seinem Inneren. Warum hatte er das nicht verhindern können?

Er hinterließ Dominique eine kleine Nachricht auf dem Kopfkissen. Dann ging er leise aus der Wohnung und stieg die Treppen hinunter. Als er die Haustür öffnete, lag die Rue Cler schlafend da. Selbst der frühe Kellner vom Café Central arbeitete noch nicht, die Rollläden der beiden Eckcafés waren heruntergelassen. Die Uhr der nahen Kirche Saint-Jean schlug fünf Mal.

Sie waren am Vorabend direkt nach Hause gegangen und hatten nur etwas guten Käse und Schinken gegessen, dazu ein Glas Wein getrunken und sich früh zu Bett begeben. Dort hatten sie dann aber noch bis Mitternacht geredet. Dominique hatte in allen Einzelheiten von ihrem ersten Tag im Rathaus berichtet, und sie hatte es so unterhaltsam getan, dass Lacroix mehrmals in lautes Lachen ausgebrochen war. Ihrer Erzählung zu lauschen hatte ihm gutgetan; es hatte ihn auf andere Gedanken gebracht. Dominique war rundum zufrieden mit ihrem Arbeitsantritt, und auch der ehemalige Bürgermeister war sehr freundlich gewesen. Nur an das große Büro mit Blick auf den Rathausvorplatz, den riesigen Schreibtisch und all die Ehrerbietung der Hofschranzen, wie Dominique sie nannte, würde sie sich nur schwer gewöhnen können.

Er wäre gerne mit dieser Erzählung im Kopf aufgewacht anstelle des hektischen Telefonklingelns. Aber nun war dies seine Realität – und der würde er jetzt gleich begegnen.

Er liebte die Stadt am Morgen, wenn die Luft noch so

sauber war und der Tag noch so rein wie ein weißes Blatt Papier. Dann ging er am liebsten zu Fuß zur Arbeit. Jetzt aber hielt er auf der Rue de Grenelle sogleich ein Taxi an.

»Odéon bitte«, sagte er, und der Fahrer, ein alter Marokkaner, brauste wortlos gen Osten.

Die schlafende Stadt flog an Lacroix' Fenster vorbei. Um diese Zeit waren nur wenige Fahrzeuge auf den Straßen und kaum Menschen unterwegs. Der Commissaire sah einen Kehrwagen der Müllabfuhr; zwei Frauen, die Kopftücher trugen, kamen aus einem erleuchteten Bürogebäude, wahrscheinlich war ihre Schicht vorbei, und die Schreibtische und Böden glänzten nun wieder; eine Bäckerei öffnete eben ihre Rollläden. Ansonsten wirkte Paris wie ausgestorben.

Nach sechs Minuten bremste der Taxifahrer auf dem Boulevard Saint-Germain und ließ den Commissaire aussteigen. Es waren nur noch wenige Minuten, dann sah er schon die zwei Streifenwagen, die mit Blaulicht die Rue de Condé blockierten. Ein Hauseingang war mit Flatterband abgesperrt. Jade Rio trat aus dem Haus, gerade als Lacroix dort ankam.

»Morgen, Commissaire«, sagte sie, das *Guten* sparte sie sich. Sie sah müde aus, und ein undurchdringlicher Ausdruck lag auf ihrem Gesicht. Es wirkte, als hätte sie etwas gesehen, was sie erst einmal mit sich selbst ausmachen musste, bevor sie darüber sprechen konnte. Leise sagte sie: »Wie ein Spiegelbild von gestern.«

»Wo ist es?«

»Ganz oben, unterm Dach. Sie hatte eine kleine Dienstbotenwohnung, nur ein Zimmer mit Küche und ein winziges Bad. Kommen Sie.«

Die Streifenbeamten, die das Haus sicherten, salutierten, als der Commissaire an ihnen vorüberging. Er folgte Rio die Treppen hinauf, die unten noch ganz herrschaftlich und sauber gewienert waren, nach oben hin aber immer steiler und staubiger wurden. Draußen erwachte der Tag, und das Licht fiel in den Flur, sodass der Staub in der Luft tanzte.

»Das Opfer heißt Fanny Duroc. Fünfundzwanzig Jahre. Die Nachbarin, die uns angerufen hat, wird gerade von einem Arzt behandelt, sie hat einen Schock erlitten, als sie die Tote fand. Vielleicht können wir nachher mit ihr sprechen, ich wollte aber auf Sie warten, Commissaire.«

Die Wohnungstür zu der kleinen Mansardenwohnung stand offen. Hier oben herrschte große Hitze, wie so oft in den früheren *chambres de bonnes*, den Zimmern, in denen hohe Herrschaften früher ihre Dienstboten unterbrachten und die zumeist genau unter dem Dach lagen.

Sie traten ein, und Lacroix brauchte sich nicht lange umzusehen. Es gab hier nur einen kleinen Tisch in einer winzigen Küche, einen großen Kleiderschrank und das Bett. Jade Rio hatte recht: Auch wenn es eine andere Wohnung war als am Vortag, die Szenerie glich der anderen haargenau. Die junge Frau lag lang ausgestreckt quer über dem Bett, die Augen zur Decke gerichtet. Der Commissaire sah sich in der Wohnung um, bevor er näher trat. Er betrachtete die Kleiderberge, die auf dem Boden lagen, das Geschirr in der Küche, die offene Weinflasche, die heruntergefallen sein musste; der Wein war herausgelaufen und färbte die Dielen rot.

Dann tat er einen weiteren Schritt in Richtung Bett und nahm die Frau in Augenschein.

»Da sind wieder die Würgemale«, sagte er leise. Seine Kollegin nickte, sie hatte es längst gesehen.

Die Frau war jung und sehr hübsch, genau wie die junge Mademoiselle Cantin. Sie trug ein schwarzes T-Shirt mit dem Aufdruck *Café Les Fontaines*, dazu eine kurze Jeans. Ihre nackten Beine sahen verkrampft aus, als hätte sie sich wie wild gegen den Erstickungstod gewehrt.

»Sie ist auch blond«, sagte Lacroix wie zu sich selbst. »Und sie liegt exakt so da wie Céline.«

»Kennen sie das Café Les Fontaines, Commissaire?«

»Mmh«, brummte er zur Antwort. »Ich glaube, es ist um die Ecke vom Centre Pompidou. Bin mal dort gewesen.«

»In welchem Café in Paris sind Sie auch noch nicht gewesen, Commissaire? Ob sie dort wohl gearbeitet hat?«

»Das finden wir heraus.«

Nach einer Weile wandte er sich um und wies auf die Weinflasche.

»Sie kommt in die Wohnung, geht zum Schrank, nimmt sich ein Weinglas und will sich gerade einschenken, da steht er hinter ihr. Die Weinflasche fällt zu Boden, und er zerrt sie zum Bett.«

»So muss es gewesen sein, Commissaire.«

»Haben Sie nach dem Handy gesucht?«

Rio nickte. »Wieder nichts. Ich lasse sofort ihre Handynummer heraussuchen und mache eine Funkzellenabfrage. Vielleicht haben wir ja Glück, und er ist noch unterwegs.«

»Das wäre wirklich großes Glück. Wann ist all das passiert?«

»Die Nachbarin hat uns um 2:55 Uhr angerufen. Dann ist sie nachgucken gegangen – und hat die Frau gefunden. Die Beamten der Stadtpolizei haben sofort die Brigade criminelle verständigt, ich wurde um 3:40 Uhr geweckt.«

»Gut. Wir müssen mit der Nachbarin sprechen, am besten gleich. Ein Mann, der in zwei aufeinanderfolgenden Nächten zwei Frauen umbringt, kennt keine Grenzen mehr. Und die Stadt ist zu groß, als dass wir nach einem Phantom fahnden könnten. Machen Sie die Sache mit dem Handy bitte sofort, ja, Capitaine? Und wir müssen rauskriegen, was diese beiden Frauen gemeinsam hatten.«

»Wenn es denn etwas gibt«, gab Jade Rio zu bedenken.

»Sie haben recht«, sagte Lacroix. »Haben Sie Docteur Obert verständigt?«

»Ja. Er ist bereits auf dem Weg.«

»Gute Arbeit, danke, Capitaine.«

9

Der Notarzt war noch bei der Nachbarin, als Lacroix ihr Wohnzimmer betrat. Gerade stellte er ihr ein kleines Fläschchen mit Tropfen auf den Tisch.

»Zwanzig davon, und Sie werden gut schlafen. Aber bitte nicht tagsüber, einverstanden? Und wenn Sie sonst noch etwas benötigen, dann lassen Sie es mich wissen.«

Dann nickte der Mann dem Commissaire zu und verließ die Wohnung. Lacroix blieb mit der Frau allein zurück. Sie saß auf dem Sofa, die Augen rot und feucht.

»Madame Bittencourt?«

»*Oui*, die bin ich ...«

Die Frau war Anfang sechzig und trug ein schlichtes und schmuckloses Kleid, das eher wie ein Sommergewand aussah. Sie hatte starke Arme, die blasse Haut war voller Sommersprossen, eine randlose Brille saß auf ihrer großen Nase.

»Es tut mir sehr leid, dass Sie diesen schrecklichen Fund gemacht haben. Ich bin Commissaire Lacroix, ich leite die Ermittlungen. Meinen Sie, dass Sie es schaffen, kurz mit mir zu sprechen?«

Sie sah zu ihm auf und wies auf den freien Sessel ihr gegenüber. Lacroix nahm Platz.

»*Bien sûr*, Commissaire, ich bitte Sie, fragen Sie mich alles. Sie müssen dieses Scheusal kriegen. Die arme Fanny ... Was für ein Ungeheuer! Ich habe sie schreien

hören, einmal nur, aber da lag alles drin, die ganze Angst, Todesangst, ich werde diesen Schrei in meinem Leben nie mehr vergessen.«

»Können Sie mir zuerst erzählen, was genau geschehen ist in der Nacht?«

»Natürlich, Commissaire. Ich gehe immer gegen halb zehn ins Bett, aber nicht gestern, weil da das Halbfinale von *Top Chef* lief, Sie kennen doch bestimmt auch diese Kochsendung, wo die Köche sehr schwierige Aufgaben lösen müssen? Na ja, jedenfalls bin ich dann erst um halb elf zu Bett und habe auch nichts zum Einschlafen genommen. Manchmal muss ich wegen meiner Nervosität eine Tablette nehmen, wissen Sie, aber so spät dachte ich, ich würde schon gut schlafen. Das war auch so. Und dann bin ich einmal aufgewacht und zur Toilette gegangen, das war so um zwei, nehme ich an. Und da bildete ich mir ein, auf der Treppe Schritte gehört zu haben. Das ist ja alles morsches Holz hier, da hören Sie, wenn jemand nach oben kommt, und selbst dann, wenn er versucht, kein Geräusch zu machen.«

»Sie haben aber nicht nachgesehen, wer es war?«

»Nein, das habe ich nicht, Commissaire. Über mir wohnt ja nur Fanny, und die kommt oft spät von der Arbeit oder auch vom Feiern. Diese jungen Leute … Na ja, jetzt denke ich: Sie hatte ja recht, sie hatte nicht viel Zeit im Leben, da ist es gut, dass sie viel tanzen war, ich hätte auch viel mehr tanzen sollen.«

»Sind Sie dann wieder ins Bett gegangen, Madame Bittencourt?«

»Ja, genau. Und ich war kurz davor wieder einzuschlafen, aber da war dann dieser Schrei, der mich aus dem

Dämmerschlaf riss. Er war gellend – und so furchtbar. Aber dann war sogleich wieder Stille, niemand schrie mehr, aber ich hörte von oben ganz laute Geräusche, so, als ob Möbel hin- und hergeschoben würden. Es war beängstigend. Ich wusste gleich, dass etwas passiert sein musste, ich … na ja, ich dachte zuerst, Fanny sei betrunken und irgendwie gestürzt, aber dann … Es war erst so laut, und dann war es totenstill. Ich … Commissaire, ich hatte solche Angst. Ich bin zum Telefon gegangen und habe die 112 gewählt, dann habe ich aber wieder aufgelegt, weil ich auch nicht die Polizei rufen wollte, wenn dann gar nichts wäre. Ich bin zur Tür, und da waren wieder diese Schritte, diesmal treppab. Und dann … dann habe ich die Tür aufgemacht, ganz leise und vorsichtig. Das Treppenhaus war dunkel, deshalb habe ich nur den Schatten gesehen, der schon eine Etage unter uns war, es war ein Mann … Ich bin mir ganz sicher, dass es ein Mann war.«

»Warum sind Sie sich so sicher?«

»Die Art, wie er ging … Er war so schnell und … also, es war sicher ein Mann. Aber ich habe ihn nicht sehen können, kein bisschen, nur diesen Schatten. Und dann habe ich die Tür schnell wieder zugemacht und gewartet. Ich hatte immer noch solche Angst. Es war nur vielleicht eine Minute, aber die fühlte sich an wie eine Stunde. Ich bin dann wieder raus, immer noch vorsichtig, für den Fall, dass er zurückgekommen wäre. Ich habe das Licht im Flur angeschaltet und bin hoch unters Dach. Und da stand die Tür offen, da wusste ich schon, dass Fanny … Es war so still, Commissaire, so absolut still. Ich bin in die Wohnung gegangen, und – Herrgott …« Sie schlug

die Hände vor die Augen, als könnte sie so verhindern, dass die Bilder wiederkämen. »Die arme Fanny, ich habe sie gesehen, und ich habe gedacht: Warum bin ich nicht gleich hochgegangen, sofort nach dem Schrei? Ich hätte sie retten können, Commissaire, meinen Sie nicht, dass ich sie hätte retten können?«

Lacroix schüttelte sanft den Kopf. »Sie haben alles richtig gemacht, Madame Bittencourt. Sie hätten nichts tun können. Der Angreifer war stark, und er hat schnell gehandelt, es wäre ohnehin zu spät gewesen, denke ich.«

Lacroix wusste, dass er nur diese Antwort geben konnte. Auch wenn er ihre Qual zu gut kannte. Er selbst hatte im Lauf seiner Karriere oft das Gefühl gehabt, dass er mehr hätte tun können, als er getan hatte. Aber was hätte die Frau gegen einen Mörder ausrichten sollen, ohne selbst verletzt oder gar getötet zu werden?

Dennoch – der Zweifel blieb, er blieb immer: Hatte man genug getan? So wie gestern: Was hätte er noch tun können? Er hätte natürlich eine Fahndung einleiten können – aber nach wem? Sie hatten ja überhaupt keinen Anhaltspunkt. Und eine Warnung der Öffentlichkeit ohne jeden Hinweis auf das Vorgehen, das Aussehen oder den Aufenthaltsort des Täters – was hätte das den Pariser Frauen genutzt?

»Und dann haben Sie uns direkt angerufen?«, fragte er.

»Aber ja, Commissaire. Und Ihre Kollegen waren schnell hier, sehr schnell sogar. Die beiden waren ja auch sehr blass, als sie wieder aus der Wohnung herauskamen. Herrje, die arme Fanny, es ist so schrecklich.«

»Kannten Sie Mademoiselle Duroc gut?«

»O ja, Commissaire, sie war ja ganz frisch in Paris. Sie

ist eben erst fürs Studium aus Nantes hierhergezogen, im Juni war das. Eine wirklich freundliche junge Frau. Und hübsch! Ausgesprochen hübsch war sie, das haben Sie ja gesehen. Da standen die jungen Männer Schlange, denke ich. Also …«, sie winkte ab, »nicht dass ich da etwas dagegen hätte. Ich war ja in jungen Jahren auch keine Kostverächterin. Aber Fanny … Ich habe ihr geholfen, weil sie sich anfangs in Paris etwas verloren fühlte. Sie hat auch eine Arbeit gesucht, und ich kannte den Chef des Cafés, in dem sie gearbeitet hat.«

»Das Café les Fontaines?«

»Genau das. Ich war dort Stammgast, früher, als ich noch in Beaubourg wohnte. Der Inhaber hat auch tatsächlich jemanden für den Service gesucht, also konnte sie dort anfangen. Die Arbeit hat ihr großen Spaß gemacht – und ich glaube, sie hat auch so viel Trinkgeld mit nach Hause genommen wie keine andere Kollegin. Ja, Fanny war sehr charmant.«

»Kam sie oft spät nach Hause?«

»Sie hatte immer Dienst bis Mitternacht. Dann konnte sie gerade noch die letzte Metro nehmen. Sie war ja die ruhige Gegend in Nantes gewöhnt, anfangs war ihr Paris nicht geheuer. Wissen Sie, in Châtelet ist es ja schon immer sehr unruhig und für so junge Frauen sicher auch ein wenig brenzlig. Aber manchmal ist sie dann noch hier in der Gegend ausgegangen nach Feierabend, hier ist ja alles sehr viel sicherer als *rive droite*.«

Es stimmte, und der Commissaire wusste das: Das sechste und siebte Arrondissement auf der südlichen Seineseite war deutlich weniger populär als die Viertel nördlich des Flusses, wo es gerade in der Gegend um

die Metrostation Châtelet zu vielen Verbrechen kam. Rauben, Überfällen, Schlägereien. Hier aber, im Quartier Odéon, lebten vor allem reiche Pariser. Es ging alles sehr bürgerlich zu, und die Polizei hatte hier deutlich weniger zu tun. Dass Fanny Duroc noch ausgegangen war, erklärte möglicherweise, warum sie erst so spät zu Hause gewesen war – weit nach der letzten Metro.

»Hatte Mademoiselle Duroc einen festen Freund?«

Madame Bittencourt kratzte sich am Kopf.

»Nein, sie hatte sich von ihrem Freund in Nantes erst kürzlich getrennt. Jetzt war sie glücklich, einfach mal frei zu sein und ihre Jugend zu genießen. Das finde ich verständlich, sehr verständlich sogar.«

»Haben Sie vielen Dank, Madame, Sie haben mir sehr geholfen. Ich werde jetzt Ihren Wirt im Café les Fontaines aufsuchen.«

»Oh, die Nachricht wird Ernesto schockieren. Er hat Fanny sehr gerngehabt, denke ich. Also nicht so, wie Sie jetzt denken. Aber sie war wirklich eine tolle Kellnerin.«

»Wenn Ihnen noch etwas einfällt, dann rufen Sie jederzeit im Hôtel de Police an, einverstanden?«

»Das mache ich, Commissaire.«

Sie zögerte, und Lacroix spürte, dass ihr noch etwas unter den Nägeln brannte.

»Ja, Madame?«

»Ähm, glauben Sie, der Täter wird noch einmal wiederkommen?«

»Das denke ich nicht, Madame. Er hat vielleicht nicht mal bemerkt, dass Sie ihn gesehen haben. Ich glaube, er hatte es ausschließlich auf Mademoiselle Duroc abgesehen. Sie brauchen sich keine Sorgen zu machen. In den

nächsten Nächten postiere ich aber ohnehin Beamte vor dem Haus.«

»Das ist eine beruhigende Nachricht, Commissaire. Haben Sie vielen Dank.«

Lacroix stand auf und gab ihr die Hand. Dann verließ er die Wohnung, nicht ohne noch mal einen Blick nach oben zu werfen, unters Dach, wo ein Phantom vor ein paar Stunden sein böses Werk verrichtet hatte.

Die Fotowand an der Glasscheibe in Lacroix' Büro hatte sich gefüllt – sehr zum Leidwesen des Commissaires. Er hatte sich in seinem Sessel niedergelassen und betrachtete nun schweigend und nachdenklich die Fotos, die Jade Rio für ihn aufgeklebt hatte. Die Bilder der beiden jungen Frauen bannten ihn. Ihre Augen, die auf den Passbildern lebendig und voller Tatendrang waren – und dann so vollkommen leer und tot auf den Bildern, die der Mann von der Spurensicherung gemacht hatte. Diese Leere in ihren Blicken machte den Schrecken von Menschen deutlich, die das Unfassbare über sich hatten ergehen lassen müssen.

Nach einer Weile hob Lacroix den Blick und sah ins Großraumbüro hinüber. Erst als er sichergestellt hatte, dass die Luft rein war, steckte er sich seine Pfeife an und schloss für einige Minuten die Augen. Von außen musste er ganz ruhig aussehen, aber in seinem Kopf wütete längst ein Orkan. Wie sollte er nur vorgehen, damit sich diese Taten nicht wiederholten?

Er nahm die aktuelle Ausgabe des *Parisien* in die Hand, die Rio ihm hingelegt hatte. Natürlich stand noch nichts zum zweiten Mord darin, denn der war ja erst in der Nacht geschehen, und er musste sehr lange suchen, bis er auf Seite sechs eine kleine Nachricht fand.

Frauenleiche im Vavin-Viertel

Eine junge Frau ist in ihrer Wohnung in der Rue Vavin tot aufgefunden worden. Nachbarn berichten, es gebe Hinweise auf ein Gewaltverbrechen, die Frau sei offenbar erwürgt worden. Die Polizei äußert sich bisher nicht zu den Umständen des Todes der jungen Frau.

Viel hatten die Journalisten nicht, dachte Lacroix. Genau wie er selbst, wenn er die wenigen Details weglieβ, die ihm bekannt waren, den Reportern aber nicht. Er versank wieder in seinen Gedanken. Als Jade Rio sein Büro betrat, zuckte er vor Schreck zusammen.

»*Excusez-moi*, Commissaire, ich wollte Sie nicht überraschen. Ich wollte Ihnen nur sagen: Es ist das Gleiche wie gestern. Das Handy ist um 2:51 Uhr aus der Funkzelle von Fanny Durocs Wohnung verschwunden und nach Süden gewandert. Unweit von Denfert-Rochereau ist es wieder ausgeschaltet worden.«

»Dann müssen wir uns die Umgebung von Denfert-Rochereau genauer ansehen. Aber wie sollen wir einen einzelnen Mann finden? Dort wohnen Hunderttausende Menschen. Er wird die Handys ja nicht vor sich hertragen, damit jeder *flic* ihn gleich identifiziert.«

»Ja, schade, dass wir nicht mehr haben. Aber wenigstens wissen wir, dass er die Handys der Frauen immer mitnimmt.«

»Als Trophäe?«

»Gut möglich. Ah, wenn Sie mögen: Ich habe die Videoaufnahmen der beiden Frauen auf meinem Computer. Wollen wir sie uns zusammen ansehen?«

»Oh, Sie haben schon beide Videos? Natürlich, Capitaine, ich komme.«

Er klopfte die Pfeife in seinem Aschenbecher aus, dann stand er auf und ging hinüber zu ihrem Schreibtisch. Er setzte sich darauf, wie er es manchmal tat, wenn er ihr zusah. Sie bewegte die Maus schnell, so schnell, dass er nicht verstand, was sie da tat. Aber wie von Zauberhand öffnete sich ein Fenster, und er fand sich auf einem Bahnsteig der Metro wieder. Lacroix betrachtete die Schrift an der Wand: *Chaussée d'Antin – La Fayette* stand da, und auf der Zeitanzeige, die sekündlich weitersprang, war die Zahl 23:48 Uhr zu sehen. Die Aufnahme war von vorgestern, Montagabend. Der Bahnsteig war beinahe leer. Nur zwei Männer waren zu sehen und die üblichen hellen Kacheln an den Wänden. Auf Werbeplakaten wurde ein Erfrischungsgetränk angepriesen, auf einem anderen teure Dessous, die von einer blonden, sehr schlanken Frau präsentiert wurden.

Und dann trat die junge Frau in dem tiefblauen Kleid dazu. Sie blieb ganz am Anfang des Bahnsteigs stehen, vorne, wo der erste Wagen halten würde. So machte man das als Frau in Paris, wenn man sicher daheim ankommen wollte, gerade in der Nacht. Lacroix fand die Erklärung, die er sich selbst dafür gab, genauso schlimm wie beunruhigend: Es war Normalität geworden, dass sich Frauen immer ein wenig mehr um ihre Sicherheit sorgen mussten als Männer. Keine noch so kurze Fahrt ohne Vorsichtsmaßnahmen, kein Verlassen des Hauses ohne ein Nachdenken über die Gefahr, in die man sich vielleicht begab.

»Jetzt kommt die Metro«, sagte Jade Rio – und richtig, da fuhr der grün-weiße Zug der Linie 7 schon rumpelnd in den Bahnhof ein. Es war ein alter Zug der zweiten Generation, Lacroix glaubte sogar, den legendären Geruch der Metro wahrnehmen zu können, diese Mischung aus Tunnelmoder, heißen Bremsen und zu viel Desinfektionsmitteln.

Die beiden Männer, die sich nicht zu kennen schienen, stiegen weiter hinten ein, die Frau im Kleid tatsächlich in den ersten Wagen. Nach Sekunden fuhr die Bahn rumpelnd an und verschwand aus dem Bild.

»Das war die letzte Metro«, sagte Jade Rio. »Und nun schauen wir uns die Ankunft an der Station Vavin an.«

Sie klickte auf die Maus, das Bild wechselte, und auch die Uhrzeit sprang um. Die Szenerie war die gleiche: Wieder war ein Bahnsteig zu sehen, doch jetzt wurde 0:11 Uhr angezeigt. Die Station Vavin war gänzlich leer, nach Abfahrt der letzten Metro würde der Angestellte der RATP die Gitter am Eingang zur Station herunterlassen, und dann wäre hier Betriebspause bis fünf Uhr früh, wenn die ersten Pendler die Stadt unter der Stadt erneut bevölkern würden.

Am Gare de l'Est war die junge Frau umgestiegen, deshalb war es hier nun der ganz alte Metro-Zug der Linie 4, der rumpelnd anhielt. Die Linie war die erste Nord-Süd-Verbindung der Stadt gewesen, und sie war bis heute die Linie mit den meisten Fahrgästen. Dennoch setzte die RATP hier noch immer die alten Züge mit den knarzenden Türen ein statt wie auf der Linie 1 die ganz modernen Wagen, die inzwischen sogar ohne Fahrer auskamen und automatisch gesteuert wurden, was

besonders an den vielen Streiktagen nicht schlecht war – denn Roboter streikten nicht.

»Da! Sie ist die Einzige, die die Metro verlässt!«, rief Rio.

Es stimmte. Auch Lacroix sah es. Mademoiselle Cantin sah sich auf dem Bahnsteig um. Sie sah reichlich verloren aus, trotz ihres eleganten Kleides, das selbst auf dem Bildschirm strahlend blau leuchtete. Vielleicht war sie auch einfach nur müde. Gleich darauf folgte sie dem Schild mit der Aufschrift *Sortie*. Jade Rio klickte einmal auf ihre Maustaste, und schon sprang das Bild noch einmal um. Jetzt sahen sie den Ausgang und dann Céline Cantin ganz nah, wie sie durch die Schwingtür ging, wo das Metroticket seine Gültigkeit verlor. Ihr junges, attraktives Gesicht war jetzt deutlich zu sehen, der rote Lippenstift leuchtete in der Dunkelheit, dann verschwand sie aus dem Bild, als sie die Treppe hoch auf die Straße nahm.

»Niemand folgt ihr. Da ist einfach niemand.« Jade Rio sagte es mit hörbarer Enttäuschung.

»Es wäre wirklich ein Durchbruch gewesen«, erwiderte Lacroix. »Aber in der Tat, das ist nicht die richtige Spur. Schauen wir uns Mademoiselle Duroc an. Haben Sie sie finden können?«

»Ja, aber es war nicht ganz leicht. Ich bin von dem Café ausgegangen und habe mir die drei letzten Metros in allen Stationen rund ums Centre Pompidou angesehen. Da war aber niemand, der aussah wie Fanny Duroc. Also habe ich den Radius erweitert. Und tatsächlich: Sie ist mit einer Freundin an der Station Cité eingestiegen. Hier, sehen Sie selbst.«

Wieder klickte sie auf dem Bildschirm herum, und dann erschien das Bild des schönen U-Bahnhofs, der am Rande der Île de la Cité lag, umgeben vom Wasser der Seine. Die runden Lampen hingen über den Bahnsteigen und tauchten die Szenerie in ein goldenes Licht. Hier waren noch einige Nachtschwärmer unterwegs, und Lacroix erkannte sofort die beiden jungen Frauen, die Arm in Arm den Bahnsteig entlanggingen. Sie plauderten miteinander, und einmal musste Fanny Duroc laut auflachen.

»Sie sehen sehr vertraut aus, die beiden«, sagte Lacroix. »Sind sie ein Paar?«

Er wusste, dass Jade Rio einen Blick dafür hatte. Nicht, weil sie offen lesbisch lebte, sondern weil sie ein gutes Gespür für Menschen hatte.

»Das sieht mir nicht danach aus. Einfach nur BFF.«

»BF – was …?« Lacroix runzelte die Stirn.

»Best Friends Forever«, erwiderte Rio grinsend.

»Ihr jungen Leute mit euren komischen Begriffen, herrje«, murmelte Lacroix.

Er betrachtete die beiden Frauen, die redend am Bahnsteig standen und auf die Metro warteten. Beide trugen das gleiche T-Shirt mit der Aufschrift des Cafés.

»Gut, machen wir weiter«, sagte er dann. »Sie sind also nach Feierabend nicht gleich in die Bahn gestiegen, die nächste Station vom Café wäre ja Rambuteau gewesen oder Châtelet, wenn sie nicht umsteigen wollten. Stattdessen haben sie zusammen einen kleinen Spaziergang bis zur Pont Notre-Dame unternommen, um erst an der Station Cité einzusteigen. Klingt so weit logisch, oder?«

»Würde ich auch denken, Commissaire. Allerdings

steigt die zweite junge Frau, die wir noch identifizieren müssen, erst weit nach Mademoiselle Duroc aus – nämlich an der Station Porte d'Orléans. Während unser Opfer bei Odéon aussteigt – dann aber, wenn wir der Zeitangabe der Nachbarin folgen, nicht direkt nach Hause geht. Aber auch hier hilft uns eine Überwachungskamera.«

Zwei Mausklicke, dann erschien der Bahnsteig von Odéon. Eine kühle Station, wieder weiß gekachelt, auch hier hingen die Werbeplakate, und noch einmal sah Lacroix die Dessous am Körper einer jungen Frau. Eine Minute später bremste der Zug, die Tür ging auf, und heraus trat Fanny Duroc, die ihrer Freundin in der Metro noch eine Kusshand zuwarf, bevor sie in Richtung Ausgang ging. Diesmal waren noch zwei andere Frauen mit auf dem Bahnsteig, aber sie gingen ein Stück vor dem späteren Opfer. Niemand folgte ihr.

Als sie aus dem Blickfeld verschwunden war, hob Jade Rio den Finger und wies auf den Bildschirm. Ein weiterer Klick, dann war auf einmal der Boulevard Saint-Germain zu sehen, genauer der Eingang zur Station Odéon mit dem markanten Schild, das auf rotem Grund den weißen Schriftzug *Metro* trug, darüber befand sich eine schön eingefasste Lampe.

Fanny Duroc nahm zwei Stufen auf einmal, sie schien wirklich bester Laune zu sein. Die Kamera erfasste sie von hinten, und kaum hatte sie den Bahnhof verlassen, winkte ihr schon von Weitem ein älterer Mann zu. Er trug eine schwarze Fliege und ein weißes Hemd und stand im Eingang zum Le Danton, dem Café, das genau neben dem gleichnamigen Kino am Platz lag. Fanny winkte zurück und ging auf den Mann zu. Als sie bei

ihm angelangt war, gaben sie gaben sich die *bises*, und sie betrat den Laden.

»Da ist sie nach Feierabend noch mal eingekehrt. Und jetzt musste ich sehr lange vorspulen.«

Sie tat es, bis die Uhr 2:23 Uhr zeigte. Die Lichter im Laden wurden gerade gelöscht. Kurz darauf verließ Fanny Duroc den Laden.

Lacroix hielt den Atem an.

Die junge Frau wandte sich um und winkte noch Leuten zu, dann trat sie, anscheinend ein wenig angetrunken, denn ihr erster Schritt verfehlte den Gehsteig, den Heimweg an. Sie fing sich schnell wieder. Als sie bereits um die Ecke gebogen war, öffneten sich die Türen zum Le Danton, und die beiden Kellner gingen nun in Straßenkleidung in die andere Richtung in die Nacht davon.

»Auch hier folgt ihr niemand. Merkwürdig.«

»Von der Uhrzeit her passt es genau«, sagte Rio. »Sie braucht etwa vier Minuten bis nach Hause. Sie steigt die Treppen hinauf, Madame Bittencourt hört sie. Dann folgt der Täter. Der Schrei, dann wird sie ermordet. Und schließlich ruft die alte Frau um 2:55 Uhr die Polizei, nachdem sie den Täter hat fliehen sehen und die Leiche gefunden hat.«

»Aber woher weiß der Täter, wo sie wohnt? Wie sucht er seine Opfer aus? Was ist die Gemeinsamkeit?«

»Sie sind beide jung. Sie sind beide blond. Und sie sind beide sehr hübsch. Manchen Männern reicht das.«

»Aber er folgt ihnen nicht – jedenfalls nicht, soweit wir das sehen können. Er weiß genau, wo sie wohnen und wie er in die Wohnungen kommt. Wie kann das sein? Der Plan wirkt sehr ausgeklügelt, und trotzdem schlägt

er in zwei aufeinanderfolgenden Nächten zu. So etwas braucht doch Vorbereitung, oder nicht?« Lacroix kratzte sich am Kopf. »Herrgott, ich brauche eine Pfeife.«

»Wenn Sie hier im Großraumbüro rauchen, dann riecht der Korse das noch, wenn er in zwei Wochen aus dem Urlaub zurückkommt.«

»Nein, nein, lassen Sie mal, ich gehe ohnehin gleich in den Chai, ich brauche einen *café*. Aber was zum Teufel können wir tun, damit das nicht noch einmal passiert? In der kommenden Nacht? *Putain* ...«

Seine Frage blieb wie eine düstere Vorahnung in der Luft hängen.

11

Er hatte die Nummer gewählt, und sie hatte gleich darauf abgehoben. Lacroix brauchte nur die sechs Worte zu sagen: »Kommen Sie sofort – Sie wissen schon, wohin.«

Sie hatte sogleich aufgelegt, und er wusste, dass sie schon auf dem Weg war. Es durfte nicht noch ein Opfer geben, nicht noch eine junge Frau, die völlig ohne Grund aus dem Leben gerissen wurde.

Lacroix nahm die Treppe hinab ins Erdgeschoss und zündete sich schon auf dem Weg eine Pfeife an. Dann trat er aus dem Kommissariat in einen Wind, der graue Wolken von Westen her mit sich gebracht hatte. Die Luft roch nach Abgasen, und es war kühl, das düstere Wetter passte zur Stimmung des Commissaires. Er nahm den Weg, den er am häufigsten ging: links auf den Boulevard Saint-Germain, vorbei an den ausladenden und hübsch dekorierten Schaufenstern der Möbelläden, Galerien und Boutiquen. Dann rechts in die Rue de l'Ancienne-Comédie, um gleich darauf in die Rue de Buci einzubiegen. Hier, in diesen kleinen Gassen, waren natürlich viele Touristen unterwegs, auch zu dieser Uhrzeit und auch bei diesem grässlichen Wetter. Aber hier war Paris auch noch ein Dorf, eines der vielen kleinen Quartiers, durch die die große Stadt für ihre Bewohner in kleine lebenswerte Einheiten aufgeteilt war.

Hier gab es die *eine* Boulangerie, den *einen* Weinladen, die *eine* Fleischerei, den *einen* Fischhändler und den *einen* Gemüsehändler, Alain hieß er, und er war sogar ein Freund von Lacroix. Und die Bewohner des Viertels, ob jung oder alt, frequentierten diese Läden und machten dort ihre täglichen Besorgungen, saßen danach noch auf einen *café* in einer der vielen Bars und schwatzten über die Neuigkeiten ihres Viertels. Es war tatsächlich wie in einem kleinen Dorf auf dem Land, nur eben umgeben von dreißig Millionen Touristen jährlich.

Lacroix hatte nach seiner Ankunft in Paris vor drei Dutzend Jahren viel Zeit gebraucht, um sich sozusagen sein dörfliches Leben hier aufzubauen: seine liebste Bar, sein liebstes *resto*, seine Läden, deren Händlern und Produkten er vertraute. Und er hatte all das zusammen mit Dominique kennengelernt. Nun gut, einen Laden frequentierte er dann doch deutlich häufiger als sie – und genau diesen betrat er in jenem Augenblick.

Im Bistro Chai de l'Abbaye verbrachte er genauso viel Zeit wie hinter seinem Schreibtisch. Yvonne Abeille, die Wirtin, hatte ihn einmal sogar gefragt, ob sie einen Tisch für ihn zum Büro umwidmen solle – und sie hatte es nur halb scherzhaft gemeint.

Als die Glastür hinter ihm zuschwang, nahm er schon den Geruch des alten Leders wahr, mit dem die roten Sitzbänke bespannt waren. Dazu mischten sich die Düfte der Gewürze und des lange geschmorten Fleisches aus der Küche. Es waren nur wenige Gäste da, aber in einer halben Stunde würde der Laden gerammelt voll sein. Schließlich war Mittagszeit, und die Angestellten aus den Büros ringsum mussten verköstigt werden.

»*Mon dieu*, Commissaire«, rief die Wirtin in diesem Moment aus, »was ist denn nun schon wieder los? Das Telefon steht seit einer Viertelstunde nicht mehr still.«

Lacroix trat an den Tresen. »Na, das ist genau die Viertelstunde, die ich vom Büro hierher gebraucht habe. Wer war denn dran?«

»Erst war es Capitaine Rio, die dir sagen wollte, dass Docteur Obert dich zu erreichen versucht. Und dann …«

»… war es Docteur Obert selbst, der nicht warten konnte«, vollendete Lacroix ihren Satz.

»Genau so ist es. Ihr seid auch wie ein altes Ehepaar, fast könnte ich eifersüchtig werden.«

»Du bist viel hübscher als Docteur Obert«, sagte Lacroix und zwinkerte ihr zu. »Und außerdem servierst du deutlich besseren *café* als die Plörre in der Gerichtsmedizin. Wo wir gerade dabei sind: Ich nehme sehr gerne einen – und ein kleines Bier. Und … dein Telefon.«

»Herrje, Commissaire, es ist doch nicht so schwer. Wirklich, ich mache das jetzt: In zwei Monaten ist dein Geburtstag, dann schenke ich dir ein Handy.«

»Wenn du das tust, *ma chère*, dann suche ich mir aber ein neues Lokal, nur, dass du es weißt.«

»Das ist eine Drohung, die ich wirklich gar nicht lustig finde. Hier, nimm schon …«

Sie stellte ihm das alte Telefon mit der Wählscheibe auf den Tresen. Dann ging sie an die Kaffeemaschine, die gleich darauf zischte und fauchte. Lacroix wählte die ihm schon so lange bekannte Nummer.

»Na, endlich, Commissaire, ich dachte schon, Sie melden sich nie.«

»Woher wissen Sie denn, dass ich es bin?«

»Rufnummernübermittlung, Lacroix. Herrgott, wir sind gleich alt, aber bei Ihnen denke ich, Sie sind ein richtiger Opa.«

»Was wollen Sie, Docteur? Ich wollte eigentlich ein friedliches *déjeuner* einnehmen.«

»Ich habe alles andere stehen und liegen gelassen. Na ja, liegen vor allem … oh, wie unpassend, verzeihen Sie, Commissaire. Frauenmorde machen mich stets wirklich wütend, ich fühle mich dann so ohnmächtig. Deshalb habe ich die junge Frau gleich untersucht – das zweite Opfer, meine ich.«

»Und? Was haben Sie herausgefunden?«

Yvonne stellte den starken Espresso und das Bier vor Lacroix auf den Tresen, und er nickte ihr dankbar zu. Sie hielt sich noch eine Weile in seiner Nähe auf, als hoffte sie, Wortfetzen aufzuschnappen.

»Es ist ein Abbild der Tat des Vorabends. Die Frau wurde erwürgt, mit bloßen Händen. Ich habe Blutergüsse an den Armen gefunden, stärkere als am Abend zuvor. Er muss sie zum Bett gezogen haben, mit sehr festen Griffen. Dann hat er sich auf ihre Arme gesetzt und sie erwürgt. Und wieder gab es keine sexuelle Handlung. Sie war vollständig bekleidet – keinerlei Zeichen von irgendeinem Missbrauch.«

Er brach ab, aber Lacroix spürte, dass er noch etwas sagen wollte.

»Commissaire«, flüsterte er nach einer Weile, »das sieht doch wirklich alles nach einem Serienmörder aus, oder?«

Lacroix trank den starken *café* in einem Zug aus, dann erst antwortete er.

»Sie wissen, wie sehr ich diese Zuschreibungen hasse«, sagte er leise. »Aber in diesem Falle muss ich sagen, dass ich Ihre Befürchtung teile, Docteur. Und wenn Sie irgendeine Idee haben, irgendeinen Geistesblitz, dann rufen Sie mich bitte an, denn ich muss zugeben, dass ich wirklich nicht weiß, wie wir vorgehen sollen.«

»Ich bete für Sie, Commissaire. Denn das hier …«, Lacroix stellte sich vor, dass der Arzt in diesem Moment auf die tote Frau blickte, »… das gefällt mir ganz und gar nicht.«

Sie verabschiedeten sich, dann legte der Commissaire auf. Doch im selben Moment klingelte das Telefon schon wieder, so schrill, dass es auf der Theke zu hüpfen schien. Yvonne sah ihn mit einer hochgezogenen Augenbraue an. »Na, siehst du, Commissaire, das meine ich: Ich brauche gar nicht ranzugehen, es ist ohnehin für dich!«

Der Commissaire runzelte die Stirn. Dennoch hob er ab. »Chai de l'Abbaye?«, fragte er.

»Da bist du ja, *mon cher*, es war ständig besetzt.« Er erkannte ihre Stimme sofort, und ein Lächeln legte sich auf sein Gesicht.

»Dominique«, sagte er leise. Die pure Freude, sie zu hören, klang bei jeder Silbe durch.

»Ich dachte mir, dass du bestimmt schon beim *déjeuner* sitzt. Ich will dich auch gar nicht stören …«

»Aber bitte, *ma chère*, du störst mich nie, das weißt du. Sag, wie ist dein Tag? Magst du mir beim Essen Gesellschaft leisten?«

»Leider nein, mein Lieber, ich habe zu viel zu tun. Und ich rufe dich auch bedauerlicherweise in einer unschönen Angelegenheit an. Wir hatten eben ein Sicherheits-

briefing – und ich möchte da wirklich nichts anbrennen lassen, an meinem zweiten Tag im Amt. Es geht um Folgendes: Kannst du mir sagen, was es mit diesen beiden Frauenmorden auf sich hat? Was mein Berater für Innere Sicherheit mir mitgeteilt hat, klingt gar nicht gut.«

Er hörte die Besorgnis in ihrer Stimme.

»Es ist auch gar nicht gut«, erwiderte Lacroix. »Es gab zwei Morde an zwei jungen Frauen, und beide wurden in derselben Manier erwürgt. Ich sage es dir, ohne etwas zu beschönigen: Wir konnten bisher keinerlei Gemeinsamkeiten zwischen den Taten feststellen, außer dass beide Frauen blond sind. Wir haben kein Motiv und überhaupt keinen Hinweis auf den Täter.«

»Aber die Presse wird sich darauf stürzen, oder was meinst du?«

»Ich weiß gerade nicht einmal, ob das so schlecht wäre. Wenn wir so die Frauen der Stadt sensibilisieren könnten, in den nächsten Nächten noch etwas mehr auf sich achtzugeben.«

»Du meinst, der Täter schlägt wieder zu?«

»Ich weiß es nicht«, erwiderte Lacroix. »Aber die Frage ist: Warum sollte er einfach aufhören? Nach zwei Morden? Nein, ich fürchte, er wird es nicht dabei belassen.«

»Das sind schreckliche Neuigkeiten, *mon commissaire*. Kann ich irgendetwas tun?«

»Wir arbeiten unter Hochdruck. Ich würde am Quai des Orfèvres in der Zentrale anrufen, dass sie noch mehr Streifen durch die Stadt schicken in der Nacht – aber auch das ist nur ein Tropfen auf den heißen Stein.«

»*Bon*. Bitte, halt mich auf dem Laufenden, ja? Wir sehen uns heute Abend.«

»Das werde ich. Bis später, *ma chère*.«

Lacroix legte auf und stellte das Telefon zurück hinter die Bar, dann hatte er gerade mal die Zeit, einen Schluck von seinem Bier zu nehmen, bis sich die Glastür wieder öffnete und ein bekanntes Gesicht sich ihm näherte.

»Mademoiselle Schneider«, sagte Lacroix und trat auf sie zu. Sie gaben sich die Hände.

»Commissaire? Wie geht es Ihnen?« Die junge Journalistin sah aus wie das blühende Leben. Sie trug eine Lederjacke und eine enge Jeans, das dunkelblonde Haar war modisch kurz geschnitten.

»Eigentlich geht es ganz gut, aber die letzten Tage waren ein wenig … nun ja, ungewöhnlich.«

»Reden wir vom Amtsantritt Ihrer Frau oder von den beiden Morden?«

»Tatsächlich rede ich von den beiden jungen Frauen, die aus dem Leben gerissen wurden.«

»Und deshalb haben Sie mich herbestellt«, Romy Schneider sah aus, als könnte sie es nicht glauben. »Ich hätte nicht gedacht, dass wir noch einmal zusammenarbeiten würden.«

Sie machte der Wirtin ein Zeichen. »Da nehme ich dann doch mal ein Glas Chablis, bitte. Damit habe ich nun wirklich nicht gerechnet.«

Yvonne füllte aus einer eiskalten Flasche des Weißweins aus dem Burgund ein Glas und stellte es vor die junge Frau hin.

»Zum Wohl, Commissaire.«

»*À votre santé*, Mademoiselle Schneider.«

Sie stießen an.

»Hören Sie, ich habe den Artikel heute Morgen gele-

sen, viel hatten Sie ja nicht. Aber ich denke, wir müssen tatsächlich zusammenarbeiten. Denn ich weiß nicht, wie ich sonst vorgehen soll.«

»Was meinen Sie, Commissaire? Haben Sie gar keinen Hinweis auf den Mörder?«

»Nicht einen einzigen. Außer, dass er blonde Frauen mag – und sie dann aber tötet, ohne sie anzurühren.«

»Es gab kein sexuelles Motiv?«

»Nicht dass wir wüssten. Es scheint so, als würde allein die Tat ihn befriedigen.«

»Das klingt schrecklich. Und weil es keine Anhaltspunkte gibt, wissen Sie auch nicht, wonach Sie suchen sollen?«

»Ganz genau, Mademoiselle Schneider. Ich möchte nicht, dass irgendeine Frau sich in der kommenden Nacht durch die Straßen von Paris bewegt, ohne sich dreimal umzudrehen. Eigentlich wäre es besser, alle blieben daheim. Allein – ich weiß natürlich, dass das nur ein frommer Wunsch sein kann.«

»Glauben Sie, der Täter schlägt so schnell noch einmal zu?«

»Es wirkt, als wäre bei dem Mann ein Knoten geplatzt. Zwei Morde an zwei Tagen, dieselbe Methode, er nimmt sogar in Kauf, dass ihn Nachbarn erwischen bei seinem teuflischen Treiben. Er hatte ja Glück, dass es eine alte Frau war, die ihn gehört hat, und kein junger Mann, der in seiner Freizeit Karate macht. Nein, unser Täter scheint außer sich zu sein.«

»Also wird er heute Nacht wieder zuschlagen?«

»Ich hoffe, nicht, aber …«, Lacroix verzog das Gesicht, »ich fürchte schon.«

»Das ist ja …« Die junge Frau trank ihr Glas in einem Zug aus. »Was kann ich tun?«

»Schreiben Sie einen Artikel, der ausnahmsweise mal so alarmistisch sein darf, wie ich es sonst verabscheue. Machen Sie die ganze Stadt verrückt. Ich möchte, dass sich die Leute gruseln.«

Romy Schneider spielte mit ihrem leeren Glas und sah eine Weile aus dem Fenster. Dann wandte sie sich wieder Lacroix zu.

»Ich weiß, es ist vielleicht unangebracht, Sie das zu fragen: Aber wenn Sie wirklich etwas erreichen wollen, meinen Sie nicht, dass es dann gut wäre, Ihre Frau zu fragen, ob sie einen öffentlichen Aufruf macht? Ich meine: Sie ist die Bürgermeisterin. Die neue. Die Leute lieben sie. Wer könnte eine Warnung, die sie ausgesprochen hat, ignorieren?«

Erst wollte Lacroix widersprechen, wie aus einem Reflex, weil er es immer vermied, seine Frau in seine Ermittlungen einzubeziehen, aber irgendetwas hielt ihn zurück. Nun war er es, der einen Augenblick aus dem Fenster sah. Schließlich sagte er leise: »Ich werde es mir überlegen, Mademoiselle Schneider. Weil es eine gute Idee ist. Eine furchtbare, aber auch fruchtbare Idee. Lassen Sie mich mit Dominique sprechen, in Ordnung? Wenn sie zustimmt, dann kriegen Sie Ihr Gespräch mit der Bürgermeisterin.«

»Und Sie einen Artikel, der die Stadt bewegen wird.«

»Daran habe ich keinen Zweifel«, erwiderte Lacroix, der die Durchschlagskraft der Schneiderschen Worte aus eigenem Erleben kannte, wenn auch bisher eher zu seinem Leidwesen.

»Und nun würde ich gern zu Mittag essen. Yvonne? Was gibt es heute als *plat du jour*?«

Es war ein leichtes Mahl gewesen. Yvonnes Mann hatte das Filet vom Label-Rouge-Lachs nur kurz in Olivenöl scharf angebraten. Dadurch hatte er eine krosse Kruste bekommen, war innen aber noch sehr zart und saftig gewesen. Die feine Zitronensauce hatte perfekt dazu gepasst, genau wie der bissfeste Reis des Risottos.

Lacroix hatte ein Glas Weißwein dazu getrunken, und nun fühlte er wieder die Kraft in sich, einen klaren Gedanken zu fassen.

Er ging über den Pont Neuf, gegenüber erstrahlte das Kaufhaus Samaritaine in neuem Glanz. Jahrelang war der Konsumtempel geschlossen gewesen, weil es Probleme mit dem Brandschutz gegeben hatte. Das betraf auch die herrliche Sonnenterrasse oben auf dem Dach, wo Dominique und er früher gern den Apéro genommen hatten – atemberaubender Ausblick auf die Stadt inklusive.

Das ging nun wieder, aber nur für die oberen Zehntausend: Eine Modemarke hatte das alte Kaufhaus übernommen und aufwendig umgebaut, die Dachterrasse aber gehörte nun zu einem Luxushotel, den normalen Bürgerinnen und Bürgern von Paris war der Zutritt nicht mehr möglich. Lacroix bedauerte, dass sich seine Stadt so schnell veränderte und dass auch die Schere

zwischen Arm und Reich weiter wuchs. Andererseits hatte Paris immer großen Reichtum gekannt – und zum Himmel schreiende Armut.

Der Commissaire hielt sich rechts und ging hinter dem Verkehrsknotenpunkt Châtelet über den Boulevard Sébastopol. Sogleich landete er in einem der Vergnügungsviertel der Stadt, mit kleinen Gassen voller Pubs und Bars, wo sich besonders die homosexuelle Klientel vergnügte. Gleich darauf kam er an einen großen Platz, der Blick öffnete sich, und ein Koloss erschien, der zu seinen Bauzeiten den Unmut der Pariser auf sich gezogen hatte. Schließlich war das moderne Centre Pompidou nun wirklich nicht *schön* zu nennen. Präsident Pompidou hatte es sich als architektonisches Denkmal errichten lassen, weil er ein Museum schaffen wollte, das Platz bot für die moderne französische Kunst, aber auch für eine große Bibliothek und ein kulturreiches Kino- und Veranstaltungsprogramm. So war dieser Bau entstanden, der mit seinen außen liegenden Rolltreppen und Stahlverstrebungen an eine überdimensionale Rohrpost erinnerte.

Im Schatten dieses Museums lag der Strawinski-Brunnen der Künstlerin Niki de Saint Phalle. Sie hatte ihre bunten Fabelwesen als Plastiken in dem Wasserbecken errichtet, und nun spien sie auf merkwürdige Weise das Wasser in alle Richtungen aus. Rund um den Brunnen lagen Caféterrassen, Kinder spielten auf den Treppenstufen, und es gab hier keinen Autoverkehr – es war ein sehr schöner Platz, fand Lacroix.

Eines der Lokale war das Café les Fontaines. Lacroix war früher einmal hier gewesen. Es war ein Treffpunkt

für Studenten und Neuankömmlinge in Paris, wo es günstiges Bier gab und in der Happy Hour Cocktails zu Schnäppchenpreisen, aber der Commissaire hatte sich für süße Getränke in bunten Farben und schrecklichen Gläsern noch nie erwärmen können.

Er betrat das Etablissement, das noch gänzlich leer war. Erst am Abend würden die Gäste hier in Scharen einfallen. Der Wirt hinter der Theke schien sich zu langweilen.

»*Bonjour*«, grüßte Lacroix, »sind Sie Ernesto?«

»Der bin ich. Und wer will das wissen?«

»Ich bin Commissaire Lacroix. Ihre Freundin hat mir gesagt, dass ich Sie hier finde, Madame Bittencourt.«

»Oh, die liebe Seele. Dann müssen Sie ein guter Mann sein, wenn sie Sie schickt. Was kann ich für Sie tun, Commissaire?«

»Ich habe leider eine sehr unangenehme Neuigkeit, und ich wollte sie Ihnen lieber selbst überbringen, bevor Sie die Nachricht aus der Presse erfahren müssen. Ihre Kellnerin, Mademoiselle Duroc, ist Opfer eines Gewaltverbrechens geworden.«

»Fanny? Aber …« Ernestos Atem wurde ganz flach, wohingegen sein Gesicht feuerrot wurde. »… aber sie war doch gestern Abend die letzte Kollegin der Schicht, zusammen mit Agathe. Das … das kann doch nicht sein.«

»Doch. Sie hat den Weg nach Hause geschafft, aber da wurde sie von einem bisher unbekannten Mann ermordet.«

»Ermordet? Die wunderbare Fanny? Das ist … das ist gänzlich unmöglich.«

Lacroix nickte ihm zu. »Das sollte jedenfalls unmöglich sein – aber leider ist es geschehen. Und es ist schon

der zweite Mord an einer jungen Frau. Deshalb müssen Sie mir genau sagen, wie der Abend gestern verlaufen ist. War irgendetwas ungewöhnlich? Hat einer Ihrer Gäste Fanny belästigt oder sich anderweitig auffällig gezeigt?«

Der Wirt klopfte mit den Fingern auf den Tresen. Lacroix konnte förmlich sehen, wie es in seinem Kopf ratterte. Doch bevor er antworten konnte, rief eine Stimme hinter ihnen fröhlich:

»*Salut*, Ernesto ... Na, bist du gut aus dem Bett gekommen? *Bonjour*, Monsieur ...«

Lacroix wandte sich um und stockte einmal kurz, dann wurde ihm sofort klar, woher die junge Frau ihm so bekannt vorkam: Sie war jene Freundin von Fanny Duroc, die sie zur Metro begleitet hatte.

»Agathe ...«, der Wirt verschluckte ihren Namen fast, »Fanny ist ... tot.«

»Fanny ... Du ... Du machst einen Witz, oder? Einen richtig schlechten ...« Doch dann musste sie seine Miene gesehen haben und dazu den ernsten Blick von Commissaire Lacroix. Sie schlug sich die Hände vors Gesicht und sank mit den Knien auf den Fußboden. Dort verharrte sie und begann zu weinen.

»Fanny ... Warum ... Was ist denn passiert?«, presste sie nach Sekunden unter Tränen hervor.

Lacroix kam dem Wirt zuvor und sagte mit ruhiger Stimme: »Ihre Freundin ist gestern ermordet worden. Sie ... war noch in einer Bar, nachdem Sie sich in der Metro voneinander verabschiedet hatten. Und danach ist sie nach Hause gegangen. Wir nehmen an, dass der Täter sich Zutritt zu ihrer Wohnung verschafft hat.«

»Nein ... Das ist doch ... Aber woher wissen Sie, dass

wir uns in der Metro …« Ihre Augen waren weit aufgerissen.

»Verzeihen Sie, ich habe mich noch nicht vorgestellt: Commissaire Lacroix. Wir haben die Überwachungskameras der Metro ausgewertet, da habe ich Sie schon gesehen. Kommen Sie …« Er ging auf die junge Frau zu und streckte ihr die Hand entgegen, die sie nahm und sich hoch auf die Füße ziehen ließ. »Setzen wir uns …«, sagte Lacroix und führte Agathe und den Wirt zu einem Ecktisch, an dem sie sich niederließen.

»Ich hol uns jetzt erst mal was Starkes«, sagte der Patron, »das können wir alle gebrauchen.«

»Kennen Sie die Bar, Mademoiselle, in die Ihre Freundin nach der Arbeit manchmal gegangen ist? Gestern zum Beispiel?«

»Das Le Danton? Ja, na klar, da waren wir oft zusammen auf einen Absacker.«

»Gestern waren Sie nicht dabei.«

»Boah, ich war so müde, ich konnte einfach nicht mehr. Aber Fanny wollte unbedingt noch …«

»Gab es da einen Mann, der sie … nun ja, der sich für sie interessierte?«

»Nein, gar nicht«, erwiderte Agathe lachend. »Da arbeiten nur so alte Pinguine, so richtig distinguierte Oberkellner, aber die könnten nicht unsere Väter, sondern unsere Opas sein. Die sind total nett und geben uns auch oft was aus, aber die haben uns noch nie komisch angemacht, gar nicht.«

»Und hier? In dieser Bar?«

Der Wirt trat wieder an den Tisch. Er hatte drei Gläser mit Pastis gefüllt, dazu stellte er ein Glas mit Eiswürfeln

und eine Wasserkaraffe. Lacroix nahm sein Glas und bereitete das typische Getränk der Stadt Marseille und der Provence zu, indem er einen Eiswürfel ins Glas gab und dann einen winzigen Schluck Wasser hinzufügte. Sofort wurde die klare gelbe Flüssigkeit ganz milchig. Der Commissaire roch daran, und gleich stieg ihm die feine Anisnote in die Nase. Pastis ließ ihn immer an einen Sommertag im Süden denken – gerade hatte er richtig Lust darauf. Doch erst mal musste er am Ball bleiben.

»Fanny war schon ein Hingucker für die Gäste, na klar ...«, sagte der Wirt.

»... aber das war ja nicht alles«, erwiderte Agathe und schnitt damit dem Wirt das Wort ab. »Sie war auch total unterhaltsam und sehr freundlich zu allen. Jeder mochte sie, sie war echt ein Sonnenschein. Und weil sie so freundlich war, hat sich eigentlich auch niemand blöd zu ihr verhalten. Klar, manchmal wird man angegraben, aber da hat Fanny immer freundlich abgesagt – und dann war es gut. Sie hatte eine echt gute Art.«

»Was anderes meinte ich auch gar nicht«, fügte der Wirt entschuldigend an.

»Hatte sie einen Stalker oder so etwas?«, fragte Lacroix.

»Nein«, erwiderte Agathe mit fester Stimme. »Davon hätte sie mir erzählt. Sie war ...«, wieder brach die junge Frau in Tränen aus und konnte nur mühsam weitersprechen, »... sie war wirklich so unbeschwert. Deshalb ist das so ein Schock für mich. Gestern haben wir uns noch unterhalten und uns beide schon gefreut, dass wir uns heute bei der Arbeit treffen und nach Feierabend noch tanzen gehen, im Java, aber jetzt ... Jetzt

gehe ich bestimmt ganz lange nicht mehr tanzen – ohne Fanny ...«

Ernesto, der Wirt, legte seiner Kellnerin den Arm um die Schultern, und sie senkte den Kopf. Lacroix ließ den beiden einen Moment Ruhe. Er spürte, dass sie ihn brauchten.

»Haben Sie denn schon eine Spur?« Agathe hob den Kopf und sah den Commissaire mit verweinten Augen an. Ihr Blick wirkte fast herausfordernd.

»Leider noch nicht«, erwiderte Lacroix. »Aber ich kann Ihnen versprechen, dass wir unter Hochdruck daran arbeiten. Wenn Ihnen noch irgendetwas einfällt – alles könnte hilfreich sein. Aber ehrlich gesagt glauben wir, dass Ihre Freundin ein Zufallsopfer war. Denn in der Nacht zuvor ist eine andere junge Frau ums Leben gekommen. Céline Cantin hieß sie. Sagt Ihnen das was?«

Agathe und Ernesto tauschten einen Blick, dann schüttelten beide den Kopf.

»Nie gehört«, sagte der Wirt.

»Sie ist auch ... tot?«

Lacroix nickte. »Sie ist auf die gleiche Art ermordet worden wie Ihre Freundin.«

»Aber ... wer tut denn so etwas?«

Der Commissaire räusperte sich und nahm sein Glas mit dem Pastis in die Hand.

»Ich werde das herausfinden«, sagte er mit seiner von jahrelangem Pfeifenkonsum rau gewordenen Stimme. Dann trank er den Rest der bittersüßen Flüssigkeit in einem Zug leer.

Ich würde gerne zu Madame le Maire«, sagte Lacroix zu dem Wachhabenden, der vor dem Rathaus in einem gläsernen Kabuff stand. Dort drinnen musste es brütend heiß sein, selbst heute, an diesem grauen Tag.

»Und wen darf ich melden?«

Er zückte seinen Ausweis. »Commissaire Lacroix. Ihren Mann.«

In den Polizisten kam Bewegung. »Oh, Commissaire«, sagte er mit hochrotem Kopf, »verzeihen Sie bitte, ich habe Sie gar nicht erkannt ... Natürlich, ich rufe gleich oben an, Sie werden bestimmt sofort vorgelassen. Warten Sie bitte einen Moment, ja?«

Lacroix lächelte den Mann freundlich an. »Bitte, machen Sie ganz in Ruhe. Ich bin nicht in Eile.«

Er sah, wie der Wachhabende zum Telefon griff. Er sprach nur wenige Worte hinein, dann kam er wieder aus seinem Verschlag. »Kommen Sie, ich bringe Sie hinein.«

Er öffnete die Tür mit einem Code, dann ließ er den Commissaire ein.

»Es ist in der dritten Etage. Die Sekretärin wird Sie empfangen und zu Madame le Maire führen.«

»*Merci beaucoup.*«

Lacroix ignorierte den Aufzug und nahm die riesige Treppe, die sich in dem neoklassizistischen Gebäude nach oben schraubte. Die Decken waren phänomenal

gestaltet, mit Gemälden und Blattgold – die gesamte Ausstattung demonstrierte Macht. Hier erschien die Stadt nicht so ganz demokratisch, es wirkte vielmehr, als herrschte immer noch ein Sonnenkönig über Paris.

Als er die dritte Etage erreichte, kam schon die Frau auf ihn zu, die seit Jahren über seine Frau »herrschte«, wie Dominique und er oft scherzten.

»Veronique«, sagte Lacroix und begrüßte die burschikose Dame in dem schönen Kleid mit drei *bises*.

»Oh, Commissaire, was für eine Ehre.« Sie lächelte ihn von unten herauf an. Véronique war schon im Rathaus des siebten Arrondissements Dominiques Sekretärin gewesen, aber sie war viel mehr als das: intime Vertraute, persönliche Assistentin – und sie hatte ihre Ohren überall. Damit war sie eine unverzichtbare Ratgeberin für die Bürgermeisterin. Manchmal glaubte Lacroix, dass Véronique mehr über Dominiques Arbeit wusste als er.

»Na, wie finden Sie Ihren neuen Arbeitsplatz?«, fragte er lächelnd. »Schon sehr pompös, oder?«

»Also ehrlich gesagt, Commissaire, ich finde es wirklich ein wenig zu protzig hier. Mein Schreibtisch ist so groß, ich hab gar nicht genug Akten, die ich da drauflegen kann. Und wo ich überall staubwischen muss! Na, sei's drum. Wenigstens habe ich es nicht mehr so weit zur Arbeit.«

Véronique wohnte nördlich der Seine in Belleville und sparte nun die Hälfte der bisherigen Pendelzeit ein.

»Sie werden es sich schon gemütlich machen. Ist ja nur für sechs Jahre.«

»Sagen Sie das nicht Ihrer Frau, Commissaire. Wenn sie in dem Tempo weitermacht wie in den ersten beiden

Tagen, dann wird sie auf ewig Bürgermeisterin bleiben. Die Hofschranzen hier haben sich ganz schön umgeschaut.«

»Dachte ich mir, dass unsere neue Bürgermeisterin nichts anbrennen lässt«, erwiderte Lacroix nicht ohne Stolz.

»Na los, gehen Sie rein. Sie hat zwar gleich einen Termin mit dem Präsidenten der Wirtschaftskammer, aber den habe ich für Sie um zehn Minuten nach hinten verlegt.«

»Sie sind ein Schatz, Véronique«, erwiderte Lacroix. Dann ging er den Gang entlang und bog durch die große Flügeltür in das Büro der Bürgermeisterin ein.

»*Waouh!*«, entfuhr es ihm, als er sich in dem riesigen Raum umsah. Er war vorher noch nie hier gewesen.

»Es ist das erste Mal, dass ich dich Jugendsprache benutzen höre«, sagte seine Frau lächelnd und erhob sich von ihrem Schreibtischstuhl.

Es war eines der Eckbüros des Rathauses. Die hohen Rundbogenfenster mit den weißen Sprossen zeigten hinaus auf den Platz und den Fluss. Der Boden war mit frisch abgezogenem Fischgrätparkett ausgestattet, die Holzdecke mit feinen Intarsien versehen. Das Zimmer war so groß wie der Salon eines Herrschaftshauses; sogar eine Sitzecke mit bequemen Sofas hatte Platz, und im Zentrum stand unter einem opulenten Kronleuchter der ausladende hölzerne Schreibtisch.

»Das ist ja mal ... angemessen«, sagte Lacroix. Dann nahm er Dominique in die Arme. »Ich gratuliere dir zu deinem neuen Arbeitsplatz.«

»Bescheiden, oder?«

»Wie ein Schreibtisch in einem Callcenter«, erwiderte Lacroix. »Und ungefähr sechzehnmal so groß wie mein Büro.«

»Siebzehnmal! Ich habe nachgemessen …«

»Ich bin ein Glückspilz.«

»Nur das Beste für die Beamten meiner Stadt.«

»Ich werde Sie wiederwählen, Madame le Maire.«

»Ich bin mir ja nicht mal sicher, ob du mich beim ersten Mal gewählt hast.«

»Die Wahl ist frei und geheim, Madame.«

Sie lächelten einander an, dann küssten sie sich sanft.

Lacroix liebte diese kleinen zärtlichen Schlagabtausche, die er von Anfang an mit seiner Frau gehabt hatte – und die einer der Gründe dafür gewesen waren, warum er sich gleich in sie verliebt hatte.

»Ich freue mich sehr, dass du hier bist – auch wenn ich fürchte, dass der Grund deines Besuches kein guter ist.«

»Tatsächlich nicht«, erwiderte Lacroix.

»Komm, wir machen es offiziell: Nimm bitte Platz.«

Sie setzten sich einander gegenüber, sie hinter ihren Schreibtisch, er auf den bequemen Stuhl davor.

»Was ist los, *mon cher*? Hast du etwas herausfinden können zu den ermordeten Frauen?«

»Leider nein. Und das besorgt mich. Ich habe …« Er zögerte. Er rang immer noch mit sich, obwohl er wusste, dass er sich eigentlich längst entschieden hatte. »Ich habe vorhin mit Madame Schneider gesprochen, der Journalistin vom *Parisien*, du kennst sie.«

»In der Tat kenne ich diese impertinente Dame.«

»Ich weiß, sie hat uns beiden arg zugesetzt. Aber es ist ja viel besser geworden.«

»Das stimmt, sie hat sich gebessert.«

»Sie fand, dass es sicher einiges Gewicht hätte, wenn du die Frauen in Paris vor dem Serientäter warnen würdest. Ich habe erst gedacht, dass es übertrieben wäre, aber in Anbetracht der bisherigen Taten sehe ich ein, dass sie recht hat.«

Lacroix atmete einmal tief durch. Es war ihm unangenehm, seine Frau darum zu bitten.

»Denkst du, es ist vorstellbar, dass du …«

Dominique unterbrach ihn. »*Mon cher*, natürlich würde ich das machen. Und ich *werde* es machen. Ich kann an nichts anderes denken, seit ich davon gehört habe. Diese armen jungen Frauen … Völlig ohne Vorwarnung – und ohne Motiv! Ich werde gleich etwas planen. Was, denkst du, wäre am besten?«

»Mademoiselle Schneider würde ins Rathaus kommen und ein Interview mit dir führen, was auch im Fernsehen ausgestrahlt werden würde.«

Dominique sah auf die große Uhr, die an der Wand hing.

»Ich werde Véronique bitten, sie anzurufen. Ich habe um achtzehn Uhr Zeit, dann reicht es noch für die Abendnachrichten. Das wird einen Aufruhr geben, *mon cher*, das sage ich dir. *Die Bürgermeisterin warnt die Frauen der Stadt vor einem Mörder* – ich sehe schon die Schlagzeilen. Aber besser so, als wenn du morgen noch eine Leiche finden musst.«

»Ich danke dir. Wirklich. Das ist … ich glaube, es ist der richtige Weg.«

»Das denke ich auch. Wir sehen uns heute Abend, ja?«

»Ich freue mich schon darauf, *ma chère*.«

»Bis später, *mon commissaire.*«
»Bis später, Madame le Maire.«

Im Hôtel de Police öffnete Lacroix erst mal alle Fenster. Es kam ihm so heiß vor im Büro, dabei war der Tag nicht wärmer geworden, und der Himmel war immer noch grau. Sofort strömten die Abgase der Dieselautos vom Boulevard Saint-Germain herein.

Der Commissaire hatte große Lust auf eine Pfeife.

Jade Rio saß an ihrem Schreibtisch und las winzige Zeilen auf ihrem Bildschirm. Als Lacroix sich zu ihr gesellte, sah sie ihn erwartungsvoll an.

»Und? Haben Sie etwas herausfinden können?«

»Nur, dass die Tote eine wunderbare und sehr freundliche Frau war, die keinerlei Männergeschichten hatte und überhaupt nichts, was auf ein viel zu frühes Ende hätte hindeuten können.«

»So ist es bei mir leider auch. Ich habe alles überprüft und abgeglichen: Schulzeiten und Studienjahre, Sportvereinsmitgliedschaften, Lieblingsrestaurants – es gab keine einzige Gemeinsamkeit zwischen den beiden Opfern.«

»Das ist nicht gut.«

»Nein, Commissaire.«

Lacroix sah auf seine alte Armbanduhr.

»Lassen Sie uns mal sehen, ob heute nicht doch noch Bewegung in die Sache kommt«, sagte der Commissaire. »Können Sie bitte den Fernseher anmachen?«

Rio sah Lacroix fragend an, aber dann nahm sie die Fernbedienung und drückte darauf herum, bis der Bildschirm ein Programm zeigte.

»Welcher Sender?«

»*TNT*, denke ich.«

Sie scrollte durch die Programme. Einmal mehr fühlte sich Lacroix darin bestätigt, dass es eine gute Entscheidung gewesen war, den Fernseher zu Hause vor Jahren abgeschafft zu haben.

»Meinen Sie das, Commissaire?«

Die Titelmelodie der Nachrichtensendung erklang, und dann erschien eine Sprecherin und machte ein verwundertes Gesicht.

»*Liebe Zuschauer, wir wurden kurzfristig ins Rathaus von Paris eingeladen, weil die neue Bürgermeisterin, Dominique Lacroix, überraschend ein Statement abgeben will. Wollen wir einmal hören, was das Oberhaupt der Stadt zu sagen hat.*«

Gleich darauf trat Dominique an ein Pult. Lacroix' Herz schlug höher. Nicht nur aus Liebe, sondern auch vor Aufregung. Er hörte jedes Wort, das sie sagte, und spürte ihre Anspannung.

»*Meine Damen und Herren, liebe Pariserinnen und Pariser,*

in den letzten beiden Nächten sind schreckliche Taten begangen worden. Zwei junge Frauen wurden grausam ermordet. Sie wurden auf furchtbare Weise aus dem Leben gerissen: Jemand hat sie in ihren eigenen Wohnungen erwürgt. Sie gingen nach Hause, und der Täter lauerte ihnen dort auf. Ich weiß, das klingt zutiefst beunruhigend, und ich hätte nicht damit gerechnet, dass ich Ih-

nen in meinem neuen Amt als Bürgermeisterin so früh schon eine derart schreckliche Nachricht überbringen muss. Leider haben die Ermittlungsbehörden noch keine Hinweise auf den oder die Täter. Deshalb bitte ich die Frauen von Paris: Seien Sie vorsichtig. Wenn Sie ausgehen, dann prüfen Sie genau, mit wem Sie sprechen, wen Sie nach Hause mitnehmen und wer Ihnen nach Hause folgt. Schließen Sie Ihre Türen ab, und bitten Sie Freunde, Sie nach Hause zu begleiten. Ich weiß, dass wir Frauen ohnehin immer vorsichtig sein müssen, aber ich bitte Sie: Seien Sie in den nächsten Nächten noch vorsichtiger. Ich weiß, dass die Polizei von Paris den oder die Täter fassen wird – aber bis dahin: Passen Sie auf sich auf.«

Lacroix sah, wie Dominique Rückfragen abwehrte, stattdessen ihr Pult verließ und durch eine Tür zurück in ihr Büro ging.

Und dann murmelte er leise:

»Gut gemacht, *ma chère*.«

Das wehrhafte Opfer

In dieser Nacht kam es Lacroix so vor, als schliefe er nicht, sondern als hörte er alle Geräusche, seien sie vor seinem Fenster oder in seinem Kopf, ganz laut. Es war, als hielte er sich bereit, jederzeit aufzuspringen und loszurennen zur Jagd auf einen unsichtbaren Mann.

Als er schließlich doch in einen kurzen Schlummer verfiel, peinigten ihn wirre und undurchdringliche Träume. Er ging darin durch eine kleine Straße, die ihm vage bekannt vorkam. Die Türen aller Häuser standen offen, aber er wusste nicht, in welche er zuerst gehen sollte, weil aus allen ein leises Murmeln drang, das er nicht verstand.

Als der Commissaire schließlich genug hatte von dieser höllischen Nacht, stand er auf. Obwohl es erst kurz nach drei war, kleidete er sich an und suchte in der Küche die winzige Kaffeekanne. Als er sie endlich gefunden hatte, befüllte er sie und stellte sie auf die Herdplatte. Es war einer der seltenen Tage, an denen dieses Überbleibsel aus seiner Studentenzeit wieder einmal zum Einsatz kam. Normalerweise scheute Lacroix selbst gebrühten Café, aber zu dieser Stunde hatten nicht einmal mehr die vergnügungssüchtigsten Wirte ihre Läden auf.

Lacroix trank den starken und schwarzen *café* in kleinen Schlucken, weil er sonst Sodbrennen fürchtete.

Währenddessen ging er an den Wohnzimmerfenstern entlang auf und ab und blickte auf die schlafende Rue Cler hinunter. Kein Mensch war zu sehen in den zehn Minuten, die er dort stand und die Pflastersteine betrachtete, die Läden mit ihren eingefahrenen Markisen, die zwei Tauben, die sich ein Wettrennen um die Laterne lieferten.

Als das Telefon klingelte, zuckte er nicht einmal zusammen. Tief in seinem Innern hatte er damit gerechnet. Er wollte sich beeilen dranzugehen, damit Dominique nicht wach wurde, doch als er das Schlafzimmer betrat, saß sie schon auf ihrer Bettseite und hielt ihm den Hörer hin.

»Ich konnte doch auch nicht schlafen«, flüsterte sie. »Hier, es ist Rio.« Ihre Miene war besorgt, als er den Hörer nahm und ihn ans Ohr hielt.

»Ja? Lacroix?«

»Commissaire, es sind keine schlechten Nachrichten, sondern eigentlich ganz gute.«

»Nun sagen Sie schon, Rio …« So früh war ihm noch nicht nach einem Rätsel zumute.

»Der Mann hat es wieder versucht. Er hat einer jungen Frau nachgestellt und ist ihr nach Hause gefolgt, aber sie hat gehört, wie er die Wohnungstür öffnete, und das halbe Haus zusammengeschrien. Er hat sich auf sie gestürzt, aber sie konnte ihn abwehren, und dann ist er geflohen.«

»Wann und wo war das?«

»In der 8, Rue Mabillon. Sie hat vor zehn Minuten die Polizei gerufen. Das halbe Haus hat angerufen. Acht Notrufe auf einmal! Die Kollegen haben vier Streifen-

wagen geschickt, aber bisher gab es keine Festnahme. Das ganze Viertel ist abgesperrt.«

»Das sind tatsächlich gute Neuigkeiten«, erwiderte Lacroix und nickte seiner Frau beruhigend zu. »Ich mache mich sofort auf den Weg. Wir treffen uns in der Rue Mabillon.«

Als er aufgelegt hatte, sagte sie: »Keine neue Tote? Dann ist es ein guter Morgen.«

Er beugte sich vor und küsste Dominique auf die Wange. »Das ist es wahrhaftig, *ma chère*. Die junge Frau hat gesehen, wie der Täter in ihre Wohnung eindringen wollte – und dann ist er geflohen.«

»Habt ihr ihn nicht?«

»Noch nicht. Aber wenigstens gibt es kein neues Opfer. Und ich würde sagen: Es ist dein Verdienst.«

»Wieso denn das?«

»Weil jeder in der Stadt durch deinen Auftritt alarmiert war. Ich mache mich jetzt schnell auf den Weg. Wir sprechen uns später, ja?«

»Ruf mich bitte an und sag mir, wie es der jungen Frau geht.«

»Das werde ich.«

Die Rue Mabillon war ein Meer aus Blaulichtern, die Einsatzfahrzeuge standen kreuz und quer über die Straße geparkt, und trotz der nächtlichen Stunde hallten Sirenen über den nahen Boulevard Saint-Germain.

Aber anders als in den Nächten zuvor stand vor dem Haus Nummer 8 kein Leichenwagen, sondern ein Krankenwagen, der die Blaulichter aber schon wieder ausschaltete, gerade als Lacroix ankam.

Rio kam eben von einem Streifenwagen zurück, als der Commissaire aus seinem Taxi kletterte.

»Die junge Frau ist unverletzt. Sie ist in ihrer Wohnung, eine Beamtin ist bei ihr.«

»Dann sollten wir gleich mit ihr sprechen. Was macht die Fahndung?«

»Wir haben insgesamt zwanzig Streifenwagen im südlichen Stadtgebiet eingesetzt, die nach einem Mann fahnden. Die Beschreibung ist sehr vage. Er trug eine Strumpfmaske. Ein Hausbewohner wollte hinter ihm her, aber er ist dann auf der Treppe gestürzt, Gott sei dank nur eine Prellung. Seinetwegen war der Rettungswagen hier. Aber, Commissaire, ich bin auch eben erst gekommen. Es waren die uniformierten Kollegen, die die erste Aussage aufgenommen haben.«

»Dann wollen wir mal.«

»Die junge Frau wohnt in der zweiten Etage. Sie war

mit ihrer Verabredung tanzen, gleich hier in der Nachbarschaft, im La Peña, das ist so ein Salsa-Schuppen.«

»Oh, das kenne ich, da waren wir früher auch manchmal.«

Jade Rio sah Lacroix verblüfft an. »*Sie* waren Salsa tanzen?«

»Entschuldigen Sie mal, Capitaine. Ich hab einen durchaus akzeptablen Hüftschwung.«

»Das würde ich nie anzweifeln«, erwiderte Rio.

Beide genossen, dass dieser Tag anders begonnen hatte als die vorherigen – und dass dies ihre Laune entscheidend verbesserte.

Sie betraten das fünfstöckige Wohnhaus. Die hölzerne Treppe war steil und die Stufen sehr ausgetreten.

»Hmm, hier kann man tatsächlich leicht ausrutschen«, sagte Rio.

»Wäre mir lieber gewesen, unser Täter wäre ausgerutscht.«

»Da sprechen Sie ein wahres Wort, Commissaire.«

Vor der Wohnung in der zweiten Etage standen zwei martialisch ausgerüstete Beamte, die so streng schauten, als gälte es, den Präsidenten zu verteidigen. Lacroix grüßte, und die Männer salutierten. Dann traten sie ein.

Schon auf den ersten Blick war die Wohnung eine typische Studentenbude, allerdings etwas größer als die, die Lacroix bisher gesehen hatte. Sie bestand aus drei Zimmern, deren Fenster alle auf die Rue Mabillon hinausgingen, auch der Boulevard war von hier aus zu sehen. Die Schränke bestanden aus zusammengezimmerten Spanplatten, eigentlich eine Schande für eine Immobilie in dieser Lage, befand Lacroix, aber vielleicht war er auch

einfach nur zu alt und bürgerlich geworden, um diesen Stilbruch zu akzeptieren.

Sie fanden die junge Frau neben einer Polizeibeamtin auf der Wohnzimmercouch sitzen. Die Uniformierte hielt ihre Hand, und beide sprachen leise miteinander. Als sie eintraten, hob die junge Frau den Blick. In ihren Augen lag immer noch eine Mischung aus Schock und Wut, so schien es Lacroix.

»Das ist unser Commissaire Lacroix«, sagte die Uniformierte leise und ganz ruhig. Sie wirkte sehr gut geschult im Umgang mit Opfern. »Er ist wirklich ein ganz besonderer Ermittler, und Sie sind bei ihm in besten Händen. Wie auch bei Capitaine Rio.«

»Haben Sie vielen Dank«, sagte Lacroix zu der Polizistin. »Wenn Sie mögen, Mademoiselle, kann die Kollegin auch gern bei Ihnen bleiben?«

Die junge Frau lächelte sanft und schüttelte den Kopf. »Nein, ist schon in Ordnung. Ich habe mich beruhigt, denke ich.«

»Dann lasse ich Sie die Befragung machen, ja?« Die Uniformierte stand auf und verließ den Raum.

Nun saßen die beiden Kriminalbeamten und die junge Frau einander gegenüber. Lacroix schätzte sie auf Anfang, Mitte zwanzig. Ihre langen Haare waren glatt und blond, und sie trug eine Jeans und ein weißes T-Shirt, das die Schultern freiließ. Sie attraktiv zu nennen, wäre eine ziemliche Untertreibung, befand der Commissaire.

»Mademoiselle, wie heißen Sie?«, fragte er sanft.

»Denise Grangousier.«

»Mademoiselle Grangousier, zuerst einmal muss ich Ihnen sagen, dass wir sehr froh sind, dass wir heute mit-

einander sprechen können – und es ist, wie ich höre, ja nur Ihrer Geistesgegenwart zu verdanken, dass nichts Schlimmeres passiert ist.«

»Wie geht es Jacques?«

»Dem Nachbarn?«

»Genau. Ich hab seinen Schmerzensschrei gehört, aber ich habe mich nicht heruntergetraut. Ich hab dann gehört, was passiert ist, weil es mir die Polizistin erzählt hat.«

»Ihr Nachbar hat nur eine Prellung, es ist alles gut.«

»So ein Glück.«

»Können wir einmal ganz von vorne anfangen? Erzählen Sie uns, wie der Abend abgelaufen ist. Und erzählen Sie uns gerne auch etwas über sich. Wir müssen wissen, wie der Täter sich die Frauen aussucht, und alles kann uns in der gegenwärtigen Lage helfen – auch wenn ich hoffe, dass die Kollegen noch heute Nacht seiner habhaft werden.«

»Das hoffe ich auch«, erwiderte die junge Frau. »Er war so … so widerlich. Ich hab seinen Atem gespürt und seinen Mund, ganz nah, es war …« Sie ballte die Fäuste. »Aber Sie haben recht, Commissaire, ich erzähle ganz von vorn.«

Sie lehnte sich auf der Couch zurück, ihre Stimme klang tief und kämpferisch, ganz anders, als man auf den ersten Blick hätte denken können. Lacroix mochte die junge Frau auf Anhieb.

»Ich bin dreiundzwanzig, und ich wohne seit zwei Jahren hier im sechsten Arrondissement. Ich komme aus der Vorstadt, aus Les Lilas, um genau zu sein. Es geht da manchmal etwas rau zu, deshalb glaube ich, dass ich sehr

früh gelernt hab, mich zu verteidigen. Na ja, jedenfalls studiere ich und arbeite abends noch in einem Restaurant.«

Lacroix stockte, weil er glaubte, dass sich endlich eine Parallele finden würde, aber die Hoffnung erstarb, als die junge Frau weiterredete.

»Na ja, und wenn dann im Chez Paul Feierabend ist, nehme ich immer die letzte Metro nach Hause. Mein Freund ist der Koch dort, gestern sind wir eben noch weitergezogen.«

»Das Chez Paul? Auf der Place Dauphine?«

»Kennen Sie das?«

»Natürlich. Ich mag diesen kleinen Platz sehr.«

»O ja, ich auch. Die Bäume sind so herrlich, diese riesigen Kastanien … Wenn die blühen, geht mein Herz auf. Da vergesse ich sogar die Gäste.«

Lacroix und Rio stimmten in das Lachen der jungen Frau mit ein. Selbst in dieser Situation konnte sie noch unterhaltsam sein.

»Und wann sind Sie dann weitergezogen?«

»Na, die letzte Metro fährt so um zehn vor zwölf. Und dann sind wir direkt ins La Peña. Da sind wir dann geblieben, so ungefähr bis halb drei. Zum Schluss haben wir vor der Tür noch ein bisschen … ähm, na ja, geknutscht.«

Lacroix nickte ihr freundlich zu, damit sie fortfuhr.

»Ich bin allein nach Hause, weil ich so früh Uni habe und Guillaume so laut schnarcht. Also hat er mich noch ein Stück gebracht, bis zum Boulevard, und dann ist es ja nicht mehr so weit.«

»Ist Ihnen jemand gefolgt, Mademoiselle? Vorher, auf

dem Weg ins La Peña, dann mit Ihrem Freund oder anschließend auf den letzten Metern?«

»Ich weiß es nicht. Ich glaube, da war niemand. Natürlich gucke ich mich immer um, wenn ich nachts nach Hause gehe. Erst recht gestern … Wir haben die Sache im Fernsehen gesehen, als wir in der Küche waren, Sie wissen schon, als die neue Bürgermeisterin, Madame …« Sie hielt inne und runzelte die Stirn. »Die Bürgermeisterin heißt wie Sie, oder? Lacroix? Ist das Ihr Name?«

»Ja, das ist er. Wir sind in der Tat namensgleich, und zwar nicht, weil wir verwandt sind, sondern verheiratet.«

»Die Bürgermeisterin ist Ihre Frau?«

»So ist es.« Lacroix nickte.

»Mist. Und ich hab keinen Kuchen da. Da kommt einmal prominenter Besuch! Meine Mutter wird sehr unzufrieden mit mir sein.«

Wieder mussten sie alle lachen.

»Mademoiselle, wenn wir den Fall gelöst haben, dann können wir sehr gern einmal Kuchen essen, den bringen wir dann aber mit, einverstanden?«

»Darauf möchte ich Ihr Wort, Commissaire.«

»Das haben Sie. Meine Frau kommt auch, wenn ich das einfach mal so sagen darf. Dominique liebt Kuchen, wenn auch nicht den, den ich backe. Aber kommen wir zurück zu vorhin. Sie sind dann in Ihre Wohnung gegangen?«

»Ja, ganz normal, wie jeden Abend. Ich hab den Code eingegeben und die Haustür geöffnet, dann bin ich hoch und habe aufgeschlossen und anschließend hinter mir zugezogen.«

»Sie haben nicht abgeschlossen?«

»Hören Sie, ich komme aus Les Lilas – und das hier ist Mabillon. Wenn Sie in der Banlieue nicht abschlie-ßen, dann werden Sie hier im besten Teil der Stadt nicht damit anfangen. Außerdem, was soll man denn bei mir klauen?«

»Verstehe. Und was ist dann passiert?«

»Ich bin in die Küche gegangen, vielleicht eine oder zwei Minuten, nachdem ich reingekommen war. Und dann drehe ich mich um, weil ich von draußen ein Knar-zen höre. Ich weiß nicht, warum, es war wie ein Bauch-gefühl, aber ich habe gleich Ihre Frau vor mir gesehen, wie sie uns Frauen gewarnt hat. Und dann sehe ich, wie die Türklinke heruntergedrückt wird. Und da dachte ich: Verdammt, was passiert denn jetzt? Ich hab erst überlegt, ob Guillaume etwas vergessen hat, aber der hätte mich auf jeden Fall angerufen, erst recht heute, nach dem, was wir im Fernsehen gesehen haben. Und weil auch alles so langsam ging, habe ich echt Panik bekommen. Dann hatte der Kerl die Tür schon halb auf, und als ich gesehen habe, dass seine Hand in einem Handschuh steckte, da hab ich angefangen zu schreien.«

Lacroix lief es kalt den Rücken herunter, und er sah an Rios Miene, dass es ihr genauso ging.

»Der Kerl war blitzschnell. Mit einem Satz war der in der Wohnung und … ich hab die Maske gesehen und die Augen, die waren so grau, und dann hat er mich ge-packt und … sein Griff war wie ein Schraubstock, richtig fest und doll, und er hat immer ›Pssst …‹ gezischt. Aber ich hab geschrien, und dann hat er mir den Mund zu-gehalten, und ich hab so Panik bekommen. Ich wollte

ihn erst beißen, aber dann hat meine freie Hand das Glas gefunden, was auf der Kommode stand, und ich hab echt nicht überlegt, sondern richtig ausgeholt, und dann bin ich um ihn rumgeschleudert und hab ihm das Glas ins Gesicht gedrückt. Es ist zerplatzt, es war so ein dünnes Wasserglas aus einem schönen alten Laden, und dann war da Blut, und die Maske war ein Stück aufge-schnitten, aber es ging alles so schnell, ich könnte nicht mal sagen, welche Hautfarbe er hatte, eher weiß, nehme ich an. Er hat einen Schmerzensschrei losgelassen, seine Stimme war ganz hell, und dann hat er mich von sich weggestoßen und ist losgerannt und die Treppe runter, und ich habe nur Jacques schreien und hinterherrennen hören, und dann war da der Schmerzensschrei. Ich hab gedacht, jetzt hat er Jacques kaltgemacht. Aber es war ja glücklicherweise nur das Knie. Und danach weiß ich nichts mehr, bis der Arzt da war und mir eine Spritze gegeben hat, damit ich mich beruhige. Es war alles so schrecklich.«

»Das glaube ich Ihnen, Mademoiselle, und es tut uns wirklich leid, dass Sie das erleben mussten. Sagen Sie, in dem Moment, in dem die Maske riss, haben Sie da wirk-lich gar nichts erkennen können von seinem Gesicht? Oder als er sprach? Zischte, wie Sie sagen? Irgendeine Besonderheit, etwas Auffälliges? Uns kann wirklich al-les weiterhelfen.«

»Es tut mir leid, Commissaire, ich war so unter Schock, ich weiß im Moment wirklich nichts. Vielleicht muss ich noch mal länger drüber nachdenken, wenn ich mich beru-higt habe – aber im Augenblick? Ich glaube, er war weiß, und ich glaube, er war eher klein als groß, dafür aber sehr

kräftig. Also nicht dick, sondern eher stämmig. Ein Mann mit großen Händen, ich glaube, er hatte einen sehr festen Griff. Aber keine Ahnung, vielleicht können alle Männer so zupacken. Gerade würde ich nur sagen: Suchen Sie den Mann, der einen großen Schnitt im Gesicht hat, auf der Wange, meine ich. Ich hab ihn richtig gut erwischt, die Wunde wird auf jeden Fall zu sehen sein.«

Lacroix betrachtete die Scherben, die in der Küche nebenan noch immer auf dem Fußboden lagen. Das Blut war gut zu erkennen.

»Wir müssten nur noch wissen, wo wir den Mann mit der Wunde suchen sollen … Aber ja, Sie haben recht, Mademoiselle. Und Sie haben uns sehr geholfen.«

»Sie werden ihn finden, Commissaire. Sie müssen sogar. Und … meinen Sie, wenn ich ihn nicht geschnitten hätte, dann … hätte er mich auch … wie diese armen anderen Frauen?«

»Sie haben geschrien, weil Sie die Tür gesehen haben. Das war sehr gut. Wahrscheinlich wäre bald das ganze Haus zusammengelaufen. Aber ja, ich möchte nicht verhehlen, dass Sie in großer Gefahr waren.«

»Und glauben Sie, dass er wiederkommt, weil ich ihn gesehen habe?«

»Selbst wenn: Wir werden Sie ab heute bis zur Festnahme so gut bewachen, dass niemand Ihnen zu nahe kommen kann.«

Wenn das so weiterging, dachte Lacroix, würde er bald vor fast jedem Haus im sechsten Arrondissement einen Streifenwagen postieren müssen. Er schickte ein Stoßgebet zum Himmel, dass diese Serie bald vorbei wäre. Heute, am besten heute.

»Mademoiselle, wir danken Ihnen. Ich werde die junge Frau in Uniform bitten, bei Ihnen zu bleiben für den Rest des Tages. Am besten, Sie setzen an der Uni heute mal einen Tag aus und kommen wieder zu Kräften.« Er stand auf. »Es hat mich sehr gefreut, Sie kennenzulernen. Und wir bleiben in Verbindung. Ich gebe Ihnen sofort Bescheid, wenn wir mehr wissen – und Sie sagen uns, wenn Ihnen noch etwas einfällt, ja?«

»Natürlich, Commissaire. Capitaine? Und bitte, grüßen Sie Ihre Frau von mir. Und sagen Sie Danke.«

»Darüber wird sie sich sehr freuen – und noch mehr darüber, dass es Ihnen gut geht. Also, *merci*, Mademoiselle Grangousier.«

Als Rio und er das Haus verlassen hatten, murmelte Lacroix: »Was für eine starke junge Frau.«

Jacques, der Nachbar, saß noch auf der Ladefläche des Rettungswagens, ein Sanitäter hielt ihm ein Kühlpad auf die Kniescheibe. Der Mann verzog das Gesicht vor Schmerz.

»Die Frau wurde angegriffen und ist noch zu Scherzen aufgelegt, der Mann ist hinterhergerannt und hat sich verletzt«, flüsterte Rio, »also wirklich: wie eine echte Männergrippe.«

»Nun hören Sie aber auf, Capitaine«, flüsterte Lacroix, musste aber auch grinsen. Der Kontrast drängte sich allzu sehr auf.

»*Bonjour, Monsieur*, wir haben gehört, wie mutig Sie waren ... Wir sind vom Kommissariat hier um die Ecke. Commissaire Lacroix – und das ist Capitaine Rio.«

»*Bonjour, Monsieur, bonjour, Madame.*« Der Nachbar war um die vierzig, und er trug noch einen Pyjama, was ein merkwürdiges Bild bot, aber er war bei dem Schrei seiner Nachbarin wohl sprichwörtlich aus dem Bett gefallen.

»Können Sie uns nur rasch sagen, was geschehen ist? Wir sehen, dass Sie noch behandelt werden, aber die Zeit drängt.«

»Natürlich, Commissaire, ich möchte ja nichts lieber, als dass dieser Mistkerl dingfest gemacht wird.«

»Sie waren im Bett, als Ihre Nachbarin geschrien hat?«

»Ja, genau. Ich muss früh raus, ich arbeite als Disponent für die Busse der RATP und habe heute die Frühschicht. Na, und dann höre ich aber diesen markerschütternden Schrei, und da bin ich sofort raus aus dem Bett. Ich dachte erst, es brennt, hier in der Nachbarschaft hat es neulich erst ganz schlimm gebrannt. Aber da war kein Rauch und kein Feuer, erst war alles wieder ganz ruhig, und dann wollte ich nachsehen, aber gerade als ich die Tür aufmachte, gab es lautes Getrappel auf der Treppe, wir wohnen ja im ersten, und dann, schwupps, sauste der Kerl schon vorbei, er hatte viel Blut im Gesicht – und er hastete in Richtung Ausgang. Ich hab gebrüllt: ›Halt, Freundchen!‹ Ich wusste sofort, dass das der Mann war, der die Frauen umbringt, ich hatte es gleich im Gefühl. Und dann bin ich hinterher – aber ich bin nur ein paar Stufen weit gekommen. Ich hatte ja Hausschuhe an, und die Treppe war so rutschig, und dann bin ich gestürzt. Und dabei hat sich mein Knie verdreht, und ich bin zusätzlich noch auf dem Hosenboden gelandet.«

»Das muss sehr schmerzhaft gewesen sein, Monsieur. Sie waren sehr mutig.«

»Schmerzhaft ist, dass der Kerl immer noch da draußen unterwegs ist und dass ich ihn hätte stoppen können.«

»Sie haben wirklich sehr viel getan – und ich denke, mit Ihrer Hilfe können wir ihn kriegen. Haben Sie irgendetwas an ihm bemerkt? Eine Auffälligkeit? Etwas, womit wir ihn identifizieren können?«

»Wir hatten mal so ein Seminar bei der RATP darüber, wie man Menschen wiedererkennt, weil ich ja so viele Busfahrer koordinieren muss. Da sollte ich mir nicht nur

Namen merken, sondern auch Fotos. Na, ich hab einiges behalten, worauf man achten muss. Ich denke, er war ein Weißer, die Wunde war halt so blutig, aber der Hals, ja, der war weiß. Er war vielleicht einen Meter fünfundsiebzig groß und eher kräftig gebaut. Aber da war nichts, kein Tattoo oder so. Er hatte Handschuhe an, und er ist sehr schnell die Treppe runtergerannt.«

»Und die Maske war eine ganz normale Strumpfmaske?«

»Ja, so vom Motorrad. Wie Rollerfahrer sie im Winter unter dem Helm tragen. Oder Bankräuber.«

»Sehr gut. Sonst noch etwas?«

Jacques schüttelte den Kopf. »Leider nein. Ich wünschte, ich könnte Ihnen mehr helfen.«

Lacroix und Rio schüttelten beide den Kopf. »Werden Sie schnell wieder gesund, Monsieur. Und danke.« Dann gingen sie langsam zum Zivilwagen, nicht ohne einen Blick zurück zum Haus zu werfen, in dem Denise Grangousier durch einen glücklichen Zufall nicht zum Opfer geworden war.

Durch einen Zufall. Und durch Dominique. Lacroix lächelte. Er sah auf die Uhr. Es war kurz vor fünf.

»So, jetzt nehmen wir noch eine Mütze Schlaf«, sagte er zu Jade Rio. »Die Kollegen suchen unseren Mann ja. Und dann treffen wir uns um 11:30 Uhr im Kommissariat?«

»*Bonne nuit*, Commissaire. Zweiter Versuch.«

»*Bonne nuit*.«

18

Als Lacroix aufwachte, war die Wohnung in gleißendes Sonnenlicht getaucht. Die Wolken des Vortags hatten sich verzogen, genau wie die auf seinem Gemüt. Es war zehn Uhr.

Dominique war bereits vor Stunden aufgestanden und ins Rathaus gefahren worden. Im Morgengrauen hatte der Commissaire seiner Frau alles von dem Einsatz erzählt, danach waren sie beide beruhigt noch einmal eingeschlafen.

Nun kleidete sich auch Lacroix an und verließ die Wohnung. Mit einem Blick auf die Uhr der Kirche Sainte-Clotilde wurde ihm klar, dass er nicht sofort würde ins Kommissariat gehen können. Er war viel zu hungrig. Die Unterbrechung der Nacht hatte ihren Tribut gefordert.

Also betrat er nach einer halben Stunde Fußweg den Chai de l'Abbaye.

Die Mittagsgäste waren noch nicht angerückt, deshalb waren viele Tische frei. Dennoch setzte sich der Commissaire auf seinen Stammhocker an der Bar und sah die Wirtin erwartungsvoll an.

»Du siehst besser aus als gestern, *mon commissaire*.«

»Ich bin auch hungriger als gestern. Sag, gibt es schon die *plat du jour*? Oder ist *le chef* noch bei den Vorbereitungen?«

»Für dich würde *le chef* auch nachts um vier ein Chateaubriand zubereiten, wie du weißt.«

»Ich werde bei Bedarf darauf zurückkommen.«

»Also die *plat du jour* ist *saucisses aux lentilles*. Und dazu? Du siehst aus, als wärest du gerade aus dem Bett gefallen.«

»So ist es auch«, erwiderte Lacroix. »Deshalb nehme ich jetzt erst mal einen *café* und dann, wenn das Essen kommt, ein kleines Bier. Ach ...«, er stockte, »kannst du deinen Gatten bitten, nicht sofort zu servieren? So in einer halben Stunde wäre gut. Ich muss nämlich noch kurz nachdenken.«

Yvonne wusste, dass der Commissaire die meisten seiner Geistesblitze hatte, während er an ihrem Zinktresen saß und aus dem Fenster schaute. Deshalb versuchte sie nicht einmal, ihm zu widersprechen, sondern rief mit strenger Stimme in die Küche: »*Plat du jour* für den Commissaire, in dreißig Minuten, in Ordnung?«

»In dreißig Minuten. *Parfait!*«, kam es prompt zurück.

Damit war die Sache geritzt. Und Lacroix nahm seine gemütliche Position am Tresen ein. Allerdings sah er nur so aus, als säße er ganz entspannt da und würde aus dem Fenster schauen. In seinem Kopf aber ratterte es, und er hatte die toten Frauen vor Augen, genau wie die lebendige Denise Grangousier. Er dachte über Uhrzeiten nach und über Arbeitsplätze und darüber, ob es nicht doch eine Gemeinsamkeit gab zwischen den zwei Todesopfern und der Frau, die eben keines geworden war.

Als Yvonne an ihm vorbeiging und flüsterte: »Fünf Minuten hast du noch«, sah er auf, als erwachte er aus

einer Trance. »*Non*«, flüsterte er zurück, »ich brauche noch etwas mehr Zeit.«

Sofort rief Yvonne in die Küche: »Zwanzig Minuten noch!«

»Sag mal, meine Liebe, hast du einen Stadtplan?«

»Natürlich habe ich den, das weißt du doch«, erwiderte sie und öffnete ihre Kramschublade. Dann reichte sie ihm den zerknüllten Michelin-Stadtplan, nach dem außer ihm nie jemand fragte. Schließlich hatte sonst jeder ein Handy, auf dem die genauesten Karten zu finden waren. Sehr zu Lacroix' Leidwesen konnte dort auch jeder direkt sehen, welches Restaurant gut war, wie lange die Läden geöffnet hatten und wie viel Verkehr war. Eine unangenehme Entwicklung, fand er, denn damit war jede Überraschung aus den Leben der Menschen getilgt.

Lacroix selbst hätte für die Antwort auf die Frage, die ihn bewegte, eigentlich keinen Stadtplan gebraucht, schließlich lebte er lange genug südlich der Seine. Aber er wollte auf Nummer sicher gehen. Also suchte er die Häuser, in denen der Täter zugeschlagen hatte, auf der Karte und maß die Entfernungen ab. Dann, nach weiteren fünf Minuten, hieb er so fest mit der Faust auf den Tresen, dass das Bierglas, das Yvonne schon vor ihn hingestellt hatte, nur so hüpfte.

»*Mon dieu*«, flüsterte er.

»Was ist denn, *mon commissaire*?«, fragte Yvonne mit einer Mischung aus Staunen und Besorgnis.

»Alle Opfer wohnen an der Metrolinie 4«, erwiderte Lacroix und sagte es doch wie zu sich selbst. »Und sie haben alle stets die letzte Metro genommen, um zu ihrem Ziel zu gelangen.«

E r hätte die *saucisses aux lentilles* gerne langsamer genossen, mit mehr Konzentration auf die feine Balance zwischen den süßsauren Linsen und der herzhaften Toulouser Wurst mit ihren Fettaugen, die so viel Geschmack in die sämige Sauce brachten.

Stattdessen hatte er sich ganz schön beeilt und die Portion in weniger als zehn Minuten hinuntergeschlungen. Sehr unüblich für ihn, dachte Lacroix. Das frühe Mittagsmahl dagegen war hervorragend gewesen wie üblich. Yvonnes Mann beherrschte sowohl die leichte Küche wie den Lachs vom Vortag als auch die herzhaften Gerichte Frankreichs. Er achtete darauf, dass sie sich als *plat du jour* regelmäßig abwechselten.

Zum Abschied umarmte er Yvonne und flüsterte: »Dein Tresen ist ein magischer Ort. Ich danke dir. Das war die ergiebigste Stunde der ganzen Woche.«

Sie gaben sich die drei *bises*, und Yvonne antwortete: »Kannst ja dem Polizeipräsidenten ausrichten, dass er gern eine kleine Erfolgsprovision überweisen kann …«

»Ich werde es ihm sagen«, erwiderte Lacroix lächelnd und verließ das Bistro.

Noch immer war der Himmel von einem tiefen Blau, und über den Dächern der Haussmann-Fassaden waren nur ganz wenige Schäfchenwolken zu sehen, die wirkten, als hätte ein verliebter Maler sie dort hingetupft.

Zügigen Schrittes stieg Lacroix die Treppen des Hôtel de Police hinauf, ließ das Polizeimuseum im zweiten Stock, wo er sonst bei kniffligen Fällen gerne mal Anregung bei den Ahnen der Pariser Polizei suchte, links liegen und ging direkt ins Großraumbüro, wo Capitaine Rio wie üblich hinter ihrem Schreibtisch saß. Gerade telefonierte sie. Nach einer Minute legte sie auf und sagte: »Docteur Obert lässt grüßen. Die Spurensicherung hat in der Wohnung von Denise Grangousier keine Abdrücke gefunden.«

»Kein Wunder, wenn er Handschuhe getragen hat.«

»Das Blut von dem Schnitt ist in der DNA-Analyse. Kann aber noch einen Tag dauern, bis wir einen Abgleich machen können.«

»Wenn uns das helfen soll, müsste der Mann in der Datenbank sein. Und da habe ich so meine Zweifel. Das ist kein vorbestrafter Ex-Knacki, der diese Taten verübt.«

»Sie glauben …«

»… dass er ein Ersttäter ist. Und zwar einer, der die Metro liebt.«

Rio sah ihn überrascht an. »Was meinen Sie, Commissaire?«

»Alle drei Frauen waren mit der letzten Metro unterwegs. Alle drei Frauen leben unweit von Stationen, die zur Linie 4 gehören. Und alle drei Frauen sind nach dem Aussteigen entweder direkt nach Hause gegangen oder noch irgendwo eingekehrt und dann nach Hause gegangen.«

»Sie meinen, der Täter ist ihnen aus der Metro gefolgt?«

»Ja, ich denke, er hat sie in der Metro entdeckt und ist ihnen dann gefolgt, um zu sehen, wo sie wohnen. Ent-

weder direkt in der Tatnacht – oder sogar schon vorher. Denn die Frauen nahmen aus Berufsgründen oft die letzte Metro.«

»Das gilt für Fanny Duroc und für Denise Grangousier. Nicht aber für das erste Opfer. Sie hatte nur an diesem Tag die späte Veranstaltung.«

»Das stimmt. Und es spricht dafür, dass der Täter die Frauen nicht ausspioniert, sondern direkt zuschlägt. Außerdem spricht es für die These, dass er ein Ersttäter ist, der unvorbereitet und ungeplant zuschlägt, aus einem starken inneren Trieb heraus.«

»Und dann vergewaltigt er die Frauen nicht?«

»Vielleicht gibt es keine sexuelle Triebfeder. Oder er kann nicht.«

»Gut möglich.«

»Können wir noch einmal die Videos von den Metrostationen ansehen? Haben Sie auch jenes aus der vergangenen Nacht?«

»Natürlich, Commissaire. Kommen Sie, setzen Sie sich.«

Lacroix ließ sich wie stets auf ihrem Schreibtisch nieder, was Capitaine Rio keinem anderen Polizisten durchgehen lassen würde. Bei ihm akzeptierte sie es.

»Also, wonach suchen wir?«

»Wenn ich das wüsste …«, erwiderte Lacroix. »Schauen wir uns die Ankunftsstationen der Opfer an.«

Sie begannen mit dem Video, das die Station Vavin zeigte. Sie sahen einmal mehr, wie Céline Cantin aus der Metro stieg und in Richtung Ausgang strebte.

»Haben wir andere Kameraperspektiven? Also eine, wo man mal den ganzen Zug sieht?«

»Ich habe nur die, auf denen man die Opfer sieht. Die anderen müsste ich erst anfordern.«

»In Ordnung. Dann machen Sie das bitte, Capitaine.«

»Sofort, Commissaire.«

Lacroix studierte das Bild. Den gekachelten Bahnhof, die erschöpfte Mademoiselle Cantin, die Werbetafeln. »Weiter. Schauen wir uns Odéon an.«

Das neue Bild erschien, und Lacroix beobachtete, wie Fanny Duroc ausstieg und sich auf den Heimweg machte. Als sie sich für einen Absacker in der Bar entschied, wusste sie nicht, dass es ihr letzter Drink überhaupt sein würde.

Wieder betrachtete er das Bild.

»Und nun noch die Station Mabillon. Das Video von Mademoiselle Grangousier habe ich noch nicht gesehen.«

Das Video glich den vorherigen. Eine leere Metrostation. Die gut gelaunte Denise, die Lacroix schon ins Herz geschlossen hatte. Der Commissaire bemerkte ihren festen Schritt. Sie war eine sehr selbstbewusste junge Frau, und es war in jeder ihrer Gesten und an ihrem Gang zu erkennen, dass sie aus einer harten Gegend kam und das Leben in Paris und seinen Vororten kannte und liebte – dass man sich mit ihr besser nicht anlegte.

Das hatte der Täter nicht bedacht, zum Glück für sie alle.

»Stopp, halten Sie das Bild mal an«, sagte Lacroix.

Capitaine Rio klickte, und das Bild fror ein.

Der Commissaire rückte näher an den Monitor heran, fast meinte man, er wollte ihn berühren. Dann, nach

einer Minute der Beobachtung, lehnte er sich wieder zurück.

»Fällt Ihnen etwas auf?«, fragte er und sah Jade Rio interessiert an.

»Mmh«, murmelte sie, »ich weiß nicht, was Sie meinen.«

»Schauen Sie noch mal genau hin. Achten Sie auf das, was scheinbar nebensächlich ist.«

Die Capitaine kniff die Augen zusammen und betrachtete das Bild.

Nach einer weiteren Minute schnalzte sie mit der Zunge.

»Nein.«

»Doch. Sie haben es.«

Seine Kollegin nickte. Dann schüttelte sie den Kopf. »Unglaublich. Wieso sind wir da nicht gleich draufgekommen?«

»Sagen Sie es.«

»Man könnte meinen, diese beiden Frauen wären ein und dieselbe.«

Nun war es Lacroix, der nickte und lächelte. Sie waren der Lösung nähergekommen, zumindest ein sehr großes Stück.

Sie zeigte auf den Bildschirm, erst auf Denise Grangousier, dann auf das Plakat mit der Frau, die die aufsehenerregenden Dessous trug. Sie war jung, hatte glatte blonde Haare und ein markantes Gesicht. Und sie glich der jungen Frau auf dem Bahnsteig, als wären sie beide Zwillinge.

»Das ist ja unglaublich«, sagte Jade Rio, »seit wann wissen Sie das?«

»Ich habe es vor drei Minuten entdeckt. Diese Ähnlichkeit – das kann kein Zufall sein.«

Die Capitaine klickte zu den anderen beiden Aufnahmen zurück und legte sie wie durch Zauberhand nebeneinander. Nun konnten sie die drei Frauen alle auf einem Bildschirm sehen und dazu die vierte Frau auf dem Plakat, das auf allen drei Bahnsteigen hing.

»Das ist doch offensichtlich«, sagte Jade Rio und schlug sich mit der Hand an die Stirn. »Wie konnte ich das übersehen?«

»Ich habe es doch auch nicht früher bemerkt«, erwiderte Lacroix beruhigend.

»Warten Sie …«, entfuhr es Jade Rio, und sie klickte die Bilder weg. »Ich habe mal etwas zu der Kampagne gelesen. Vor ein paar Wochen, im *Parisien*. Da stand, dass die französische Dessousmarke selbst überrascht war von der Durchschlagskraft der Werbung – weil denen nicht nur die Frauen die Bude eingerannt haben, sondern auch die Männer, die ihren Freundinnen allesamt diese Dessous kaufen wollten. Und dann gab es auch noch einen Artikel über das Model.«

»Wirklich?«

»Einen Augenblick …« Sie öffnete die Seite einer Suchmaschine und gab schnell ein paar Begriffe ein. Einen Moment später schrie sie: »Ich hab's! Hier …«

Sie öffnete einen Artikel, der in der Tat erst zwei Wochen alt war. Das Foto unter der Überschrift ließ Lacroix eine Gänsehaut über den Rücken fahren. Zu sehen war eine junge Frau, die auf einem Bahnsteig stand, dahinter das Plakat, das sie selbst in Dessous zeigte. Beide Frauen lächelten. Der Commissaire las.

Model verdreht Paris den Kopf

Sie ist erst dreiundzwanzig – und hat mit einer einzigen Kampagne den Durchbruch geschafft. Zoe Zucchelli, wie sie sich selbst nennt, ist Model und verhilft einem kleinen Pariser Modelabel zu Verkaufsrekorden. Seit Wochen strahlt sie von Plakatwänden in der Pariser Metro – mit einem umwerfenden Lächeln und einem Körper, der allen Schönheitsidealen entspricht. Aber da ist noch mehr: ein so echtes und unverwechselbares Charisma, dass die Kunden Schlange stehen für die Dessous der kleinen Marke aus dem Marais.

Zoe selbst kann diesen Erfolg kaum glauben: »Es war mein erster Auftrag als Model – und dann gleich so ein Zuspruch! Ich muss mich manchmal selbst kneifen, weil ich es einfach nichts fassen kann.«

Denn der Durchbruch gelang ihr in der Stadt, die ihre Heimat ist. Die Dreiundzwanzigjährige wohnt selbst an einer der Stationen der Linie 4, den genauen Halt wollen wir wegen der Privatsphäre des Models nicht nennen. Sie nimmt selbst oft die Metro. Auch jetzt noch, wo sie jeder dort halbnackt sehen kann?

»Na klar«, sagt sie lachend, »die Leute kommen« doch nicht darauf, dass ich das bin. Das Foto ist so stark bearbeitet, ich erkenne mich darauf manchmal selbst nicht wieder. Besonders nicht morgens. Außerdem bin ich da professionell geschminkt!«

Zoe Zucchelli ist bescheiden und hat Humor – mit die-
sen Qualitäten, ihrem Körper und mit ihrem Lächeln
kann sie sicher noch unzählige Herzen erobern.

Als sie beide den Artikel zu Ende gelesen hatten,
schnaufte Jade Rio.

»Kann es sein, dass der Täter eigentlich nach *ihr*
sucht?«, fragte die Capitaine.

Lacroix antwortete nicht. Er nickte nur.

Es dauerte nur Minuten, bis Rio die Adresse der Agentur des Fotomodels herausbekommen hatte. Und weitere fünf Minuten, bis sie Lacroix einen Zettel mit der Handynummer von Zoe Zucchelli übergab. Der zog sich gleich darauf in sein Büro zurück und wählte die Nummer.

Die Stimme am anderen Ende war so freundlich, wie der Artikel beschrieben hatte.

»Ja bitte?«

»Mademoiselle Zucchelli? Entschuldigen Sie die Störung, mein Name ist Commissaire Lacroix von der Police Nationale.«

»*Oh, bonjour*, Commissaire. Wie … also, woher haben Sie diese Nummer?«

»Ihre Agentur hat meiner Kollegin Ihre Nummer gegeben. Meinen Sie, es wäre möglich, dass wir uns treffen?«

»Natürlich. Worum geht es denn?«

»Ich möchte Sie nicht erschrecken. Aber es geht um drei junge Frauen, die Ihnen bis aufs Haar gleichen – und denen in den vergangenen Nächten schlimme Dinge geschehen sind. Wir möchten, dass das aufhört. Deshalb würde ich Sie gern um Ihre Hilfe bitten. Kann ich Sie in ein *café* einladen? Dann erkläre ich es Ihnen näher.«

Eine Stunde später saß Lacroix am Fenster des Café

de Flore und blickte auf den Boulevard Saint-Germain. Niemals hätte er unter normalen Umständen diesen Laden betreten, der früher einmal ein Treffpunkt für Literaten und Bohemiens gewesen war. Hemingway, Sartre, Apollinaire – sie alle hatten hier gesessen, sich betrunken und dabei Weltliteratur erdacht. Heute waren das Café de Flore und das Deux Magots allerdings nicht mehr als reichlich überteuerte Fototapeten für diese schrecklichen Leute, die ihr Essen fotografierten oder sogar ihre Getränke und die Bilder irgendwo im Internet hochluden. Lacroix verabscheute all diese neuen Bräuche natürlich zutiefst.

Doch es war das junge Model gewesen, das sich diesen Treffpunkt ausgesucht hatte. Wer wäre er gewesen, ihr zu widersprechen?

Er hatte sich einen Tisch auf der überdachten Terrasse ausgesucht und sogleich die Pfeife angesteckt, was die ringsum sitzenden jungen Touristinnen mit wütenden Blicken und jeder Menge Naserümpfen quittiert hatten. Als Zoe Zucchelli eintrat und auf ihn zukam, wurde es mit einem Mal ruhiger auf der Caféterrasse. Diese junge Frau zieht wirklich die Blicke auf sich, dachte Lacroix, als er die anderen Gäste kurz beobachtete, die sich sicher fragten, mit wem sich diese wunderschöne Dame hier traf. Dann stand er auf und streckte der jungen Frau die Hand entgegen. Sofort wurde geraunt und gelästert, aber darum ging es nun ja wirklich nicht. Er hätte sogar der Großvater von Zoe Zucchelli sein können, dachte Lacroix und amüsierte sich innerlich.

»Es freut mich, dass Sie gekommen sind, Mademoiselle.«

»Das würde ich auch gerne behaupten, aber Ihre Worte haben mir durchaus Angst gemacht«, erwiderte sie mit einem schüchternen Lächeln.

»Kommen Sie, setzen wir uns«, sagte Lacroix und zog ihr den freien Stuhl zurück. »Was möchten Sie trinken?«

Die junge Frau entschied sich für ein *citron pressé*, eine gepresste Zitrone, die mit sprudelndem Perrier übergossen wurde. Lacroix bestellte ein kleines Bier. Als der Kellner die Getränke gebracht hatte, nahm der Commissaire erst mal einen großen Schluck. Es war ein warmer Tag geworden, beinahe konnte man annehmen, der Sommer wäre noch einmal in die Stadt zurückgekehrt.

»Haben Sie von den Taten der vergangenen Tage gehört, Mademoiselle?«

Ihre Augen zuckten. »Ich habe die Schlagzeilen im Internet überflogen, das schon, aber ich hatte wahnsinnig viel zu tun. Wir planen eine neue Kampagne mit der Dessousmarke, deshalb arbeite ich Tag und Nacht.«

»Ist Ihnen, als Sie die Schlagzeilen überflogen haben, die Ähnlichkeit zwischen Ihnen und den Opfern aufgefallen?«

Zoe Zucchelli schüttelte den Kopf. »Die Gesichter waren ja verpixelt, aus Gründen des Persönlichkeitsschutzes, nehme ich an. Und nur weil die Opfer blond waren ... na ja, ich bin jedenfalls nicht darauf gekommen.«

Der Commissaire blickte sie nun, da sie ihm gegenübersaß, noch einmal genauer an. Sie sah beinahe noch ein wenig »perfekter« aus als die anderen – was für ein schreckliches Wort für eine Frau, aber ja, die kleine Nase, die Wangenknochen und die vollen Lippen entsprachen voll dem gängigen Schönheitsideal. Und wirklich: Die

Ähnlichkeit sowohl mit Céline Cantin als auch mit Denise Grangousier war nicht zu übersehen. Fanny Duroc hatte ein bisschen wilder und unangepasster ausgesehen, aber die Haare und die Form des Gesichts waren auch bei ihr sehr ähnlich.

»Ich kann Ihnen versichern, Sie sehen einander alle sehr ähnlich. Und deshalb glauben wir, auch wenn es verrückt klingt, dass der Täter es vielleicht eigentlich auf Sie abgesehen hatte.«

»Was? Das … das glauben Sie wirklich?« Zoe Zucchelli riss die Augen auf. Ihr Gesicht war blass geworden. »Aber wie soll er denn … Ich hab doch niemandem was getan?«

»Das haben die drei jungen Frauen auch nicht, Mademoiselle«, sagte der Commissaire, und es klang härter, als er es beabsichtigt hatte. »Aber der Täter ist in einem Wahn, wie wir glauben. Zumindest ließen sich so diese kurz aufeinanderfolgenden brutalen Taten erklären. Und wenn Sie sich fragen, wie er auf Sie gekommen ist: Ganz Paris weiß von dieser Kampagne, und Sie selbst haben mit dem Interview für den *Parisien* dafür gesorgt, dass auch jeder weiß, dass Sie die Metro der Linie 4 nehmen, auch wenn die genaue Station gottlob nicht erwähnt wurde. Aber wer Sie sehr gerne mag oder sich durch ein paar Werbeplakate irrerweise in Sie verliebt hat, der weiß nun, wo er Sie suchen muss.«

»Das ist ja … das habe ich nicht bedacht«, murmelte die junge Frau und senkte den Kopf. »Ich … das ist so furchtbar.«

»Das ist das Problem mit Öffentlichkeit«, erwiderte Lacroix. »Sie zieht auch jene an, mit denen man lieber

nicht bekannt sein will. Aber gut, wir versuchen jetzt herauszufinden, wer diese Taten begangen hat – und ich glaube, dass wir dafür Ihre Hilfe bräuchten. Meinen Sie, Sie wären bereit, sich dem zu stellen? Ich kann Ihnen versprechen, dass wir gut auf Sie aufpassen werden.«

Nach ein paar Sekunden, die sich wie zwei Minuten anfühlten, hob die junge Frau den Kopf. Ihr Blick war nun verändert, er war kämpferisch, selbstbewusst, beinahe so wie auf den Plakaten, nur das Lächeln war verschwunden.

»Ja. Schnappen wir uns diesen Bastard«, sagte sie.

Um welche Uhrzeit sind wir mit Mademoiselle Zucchelli verabredet?«

»Um 22:30 Uhr. Ich habe beim Präfekten bereits zehn Einheiten angefordert, die die Umgebung absichern. Wir müssen wirklich auf alles vorbereitet sein. Aber wenn er bei seinem Modus Operandi bleibt, wird er ja nicht auf offener Straße zuschlagen. Sondern erst, wenn wir wirklich bei der Wohnung sind.«

»Bleibt zu hoffen, dass der Modus derselbe bleibt.«

»O ja, Capitaine. Sagen Sie, haben Sie die anderen Videos schon bekommen?«

»Ja, hab ich mir sogar schon angeschaut. Aber ich kann nichts darauf erkennen.«

»Wie? Es gibt wirklich gar keine Verfolger? Auch nicht aus anderen Perspektiven? Aber das kann nicht sein. Die Metro muss der Schlüssel sein.«

»Sehen Sie selbst, Commissaire.«

Wieder ließ Rio ihre Computermaus klicken, und die drei Videos erschienen nebeneinander auf ihrem Monitor, nur waren nun andere Perspektiven zu sehen: die letzten Wagen der Metro, der Bahnsteig weiter hinten, ein einzelner Wagen in der Mitte. Aber Lacroix fehlte noch etwas.

»Was ist mit dem Führerhaus? Gibt es irgendeinen Blick auf den Fahrer?«

Die Capitaine schüttelte den Kopf. »Darum gab es jahrelange Diskussionen. Die Gewerkschaft hat abgelehnt, dass die Fahrer gefilmt werden dürfen. Datenschutz und so. Sie haben sogar einen Prozess gewonnen zu dieser Frage. Es gibt keine Kameras vorne an den Metrostationen, damit die Fahrer nicht gefilmt werden können.«

»Was für ein Irrsinn.« Lacroix schüttelte wütend den Kopf. »Dann müssen wir rauskriegen, wer in den drei Tatnächten die letzte Metro auf der Linie 4 gefahren hat.«

»Das habe ich schon getan, Commissaire.«

»Wirklich? Das ist ja …« Lacroix sah sie überrascht an, aber nicht zu überrascht, er wusste ja, wie gut Capitaine Rio in ihrem Beruf war. »Haben wir einen Namen?«

»Leider haben wir drei Namen. Es sind alles unterschiedliche Fahrer.«

»So ein Mist«, erwiderte Lacroix. »Ich hatte gehofft, wir würden unseren Lockvogel nicht mehr brauchen.«

»Aber andererseits: Wenn sie die letzte Metro fahren, können sie ja nicht einfach an der Station aussteigen, um den Frauen zu folgen?«

»Sie haben recht, das macht keinen Sinn.«

»Ich mache dennoch zu allen drei Fahrern Hintergrundchecks. Es sind zwei Männer und eine Frau. Aber es gibt keine Polizeiakten über sie, das habe ich schon geprüft. Wollen Sie die Fahrer jetzt noch verhören?«

Lacroix sah auf die Uhr. Es war kurz vor halb sechs. »Das schaffen wir jetzt nicht mehr. Lassen Sie uns unseren Plan durchziehen. Wenn alles gut läuft …« Er beendete den Satz nicht. Tief in seinem Innern fürchtete er sich vor der Frage, was geschehen würde, wenn die Dinge nicht *gut* liefen.

»Wo wohnt die junge Frau?«

»Unweit der Metro Saint-Placide, in einer Seitenstraße, zweihundert Meter von der Station entfernt.«

»Und wo soll sie in die Metro einsteigen?«

»Na, ich will schon, dass sie einige Stationen drinnen sitzt. Und wir brauchen einen leeren Bahnhof, damit sie von allen Seiten gut zu erkennen ist. Ich denke, Cité ist der richtige Einstieg. In Châtelet kann um diese Zeit noch zu viel los sein, aber auf der Insel steigt zu dieser Stunde keiner mehr in die Metro. Das sollte also passen.«

»Ich bete, dass Sie recht haben«, sagte Jade Rio. »Dieser Fall geht mir echt an die Nieren.«

»Mir auch, Capitaine, mir auch.«

Die letzte Metro

Sie parkten den Wagen im Schatten von Notre-Dame. Die Zwillingstürme standen stolz und erhaben da wie die Landmarken von Paris. Nur die Gerüste im Hintergrund ließen erahnen, wie gefährdet das Antlitz der Kathedrale in einer Nacht im Jahr 2019 gewesen war.

Es war eine Viertelstunde vor Mitternacht. Lacroix drehte sich auf seinem Sitz um und sah die Frau im Fond des Wagens ernst an.

»Jetzt ist Ihre letzte Chance, um umzukehren und zu sagen, dass Sie das nicht machen wollen. Ehrlich: Ich würde es verstehen.«

Doch Mademoiselle Zucchelli schüttelte mit ebenso ernstem Gesichtsausdruck den Kopf und sagte: »Ich ziehe das durch. Ich mag ja auch keine Angst haben, in Zukunft. Und die hätte ich, wenn wir den Mistkerl nicht kriegen.«

»Das ist ehrlicherweise die Antwort, die ich mir erhofft habe«, sagte Lacroix. »Gut, dann packen wir es an.«

Bis vor zwanzig Minuten hatte Capitaine Jade Rio nach Lacroix' Anweisungen die Beamten der Police Nationale instruiert. Dutzende von ihnen hatten entlang der Metrostationen der Linie 4 Aufstellung genommen, besonders aber rund um die Station Saint-Placide und um die Wohnung von Zoe Zucchelli in der Rue du Regard. Sie alle waren in Zivil, und sie alle waren per Funk

miteinander verbunden. Sie wussten nicht, wen sie suchten, sie wussten nur, dass jeder Mann zwischen zwanzig und sechzig verdächtig war. Besonders einer mit einer Wunde im Gesicht. Aber natürlich wussten sie nicht, wo genau die Wunde sich befand. Oder ob der Täter sie vielleicht überschminkt hatte. Die Aufmerksamkeit durfte also nicht nachlassen, niemand durfte sich sicher fühlen.

Die Station Cité lag direkt gegenüber. Es war die einzige Metrostation auf der Insel mitten in der Seine und der einzige Halt der Pariser Metro zwischen den beiden Stadtseiten, dem rechten und dem linken Flussufer.

»Alle bereit?«

Die junge Frau und Jade Rio nickten. Die Capitaine überprüfte noch mal ihre Dienstwaffe, Lacroix trug wie auch sonst bei Einsätzen keine Waffe. Er hatte sich vor dreißig Jahren dagegen entschieden und war bisher gut damit durchgekommen. Wenn es sein musste, konnte er auch heute noch zulangen, aber er bevorzugte stets, die Gefahr schon von Weitem kommen zu sehen – und dann abzuwenden.

Sie stiegen aus und gingen über die verlassene Stadtinsel zur Metrostation. An den Müllsäcken in der Mitte des Platzes sah man winzige Schatten nagen. Das waren die hungrigen Ratten der Stadt, die mittlerweile zu einer richtigen Plage geworden waren. Andererseits: Ratten hatten schon immer zu Paris dazugehört.

Lacroix ließ Mademoiselle Zucchelli den Vortritt und sagte: »Sie gehen voraus und stellen sich an den Beginn des Bahnsteigs, so, dass Sie gut zu sehen sind. Vielleicht auf Höhe des zweiten Wagens. Wir werden weiter hinten einsteigen, Sie aber jederzeit im Blick haben. Im zweiten

Wagen sind ebenfalls Beamte von uns, die schon vorher eingestiegen sind.«

»In Ordnung«, erwiderte die Frau.

Sie nahmen die Treppe. Die junge Frau scannte ihr Ticket zuerst. Lacroix hatte sich vorher extra eines kaufen müssen, er hatte die Metro seit vielen Jahren nicht mehr benutzt.

Sofort schlug ihm der Geruch entgegen, den er schon so lange mied, diese Mischung aus Moder und qualmenden Bremsscheiben, ein ständiger Begleiter jedes Pariser Pendlers.

Dies hier war eine Welt unter der normalen Welt, eine echte Unterwelt. Die *Metropolitain*, wie es auf den alten Schildern hieß, war die Lebensader der Stadt, ohne die in Paris wohl kaum ein Angestellter seinen Arbeitsplatz erreicht hätte. Jedes Kind kannte hier die Metro, auch wenn sehr kleine Kinder sie schlecht benutzen konnten, schließlich waren die meisten Stationen mangels Aufzügen für Rollstuhlfahrer und Kinderwagen unerreichbar. Und doch waren die Stationen Knotenpunkte für die Pariser – 4,3 Millionen Menschen nutzten täglich die Untergrundzüge der Stadt. Und keine Wohnung in Paris durfte weiter als fünfhundert Meter von der nächsten Metrostation entfernt sein.

Als sie den Bahnsteig der Linie 4 in Richtung Bagneux betraten, sah Lacroix, dass ihre Rechnung aufgegangen war. Außer ihnen war kein weiterer Fahrgast zu sehen. Stattdessen sah er sehr gut das Plakat mit der jungen Frau, die aus Fleisch und Blut vierzig Meter von ihnen entfernt stand, im vorderen Bereich vor den weiß gekachelten Fliesen.

Sie wirkte ganz ruhig, wie sie da wartete, die Beine über Kreuz gestellt, in ihrem hellen Sommerkleid. Lacroix fragte sich, wie sie das machte, sich diesen äußerlich so entspannten Anschein zu geben. In dieser Situation hätte er wahrscheinlich drei Pfeifen gleichzeitig angesteckt. Mmh, das Rauchverbot hier unten war ein weiterer Grund, warum er die Metro mied. Oben auf der Straße konnte er so viel Pfeife rauchen, wie er wollte.

Mit einem Quietschen seiner Luftreifen auf den Gleisen machte der Zug, der noch tief im Tunnel war, auf sich aufmerksam. Die Anzeige kündigte eine Abfahrt in einer Minute an. *Dernier Métro* stand darunter, die letzte Metro des Tages.

Die Linie 4 war eine der meistgenutzten der Hauptstadt. Nach Sekunden erschienen erst die Lichter im Tunnel, dann kam der weiß-türkis-farbene Zug zum Vorschein. Er rumpelte in den Bahnhof ein und bremste erst ganz zum Schluss. Die Türen musste man noch mit der Hand öffnen, es war die älteste Baureihe. Lacroix zog am Griff, und das markante Öffnungsquietschen erklang. Er stieg in einen der hinteren Wagen ein, Jade Rio nahm einen noch weiter hinten. Dann ertönte das Signal, und die Tür schloss sich. Sekunden später ratterte der Zug in den Tunnel hinein. Lacroix sah durch die Scheibe in den vorderen Wagen, aber er konnte nicht so weit sehen, dass er Zoe Zucchelli erkannte.

Im Wagen saßen außer ihm nur zwei Menschen: eine alte Frau mit Kopftuch und ein junger Mann, der die Beine auf den Sitz vor ihm geparkt hatte. Er hatte große Kopfhörer auf den Ohren, aber die Musik war trotzdem deutlich zu hören.

Eine Minute später rollte der Zug in den Bahnhof Saint-Michel ein. Der junge Mann mit den Kopfhörern erhob sich und stieg aus, dafür stiegen drei junge Mädchen ein, die offenbar aus einer Bar kamen. Sie mussten sich gegenseitig stützen, als der Zug wieder anfuhr, offenbar hatten sie ein paar Gläser Wein zu viel gehabt.

Lacroix blickte nach hinten in den nächsten Wagen, wo Jade Rio stand und sich an der Stange festhielt. Sie nickte ihm einmal kurz zu, weil sie über Funk mit den anderen Beamten verbunden war. *Alles gut*, sollte das heißen. Niemand war Zoe Zucchelli in Wagen 2 bisher zu nahe gekommen.

Auf der Linie 4 lagen die Bahnhöfe immer sehr nah beieinander, es dauerte stets nur eine oder anderthalb Minuten bis zur nächsten Station. Odéon und Saint-Germaindes-Prés folgten aufeinander, auch hier geschah nichts. Erst am Halt Saint-Sulpice stiegen die jungen Mädchen wieder aus. Lacroix trat an die Tür und sah hinaus. Vorne am Zug tat sich nichts.

Der nächste Halt war es: Saint-Placide. Lacroix sah die Lichter der Station vor sich, als sie in den Bahnhof einrollten, auch hier war die Station mit weißen Kacheln versehen, die sich Menschen in aller Welt mittlerweile in ihre Badezimmer klebten. Die Metro war Kult, noch so eine Entwicklung, die Lacroix nicht recht verstand. Wer wollte denn in einem Bahnhof duschen?

Er schob diesen merkwürdigen Gedanken weg und ging zur Tür, zog den Schnapper hoch, und die Tür glitt auf. Zoe Zucchelli hatte es genauso gemacht wie besprochen. Sie war schnell ausgestiegen und schon auf dem Weg zur Treppe, genau wie zwei andere Fahrgäste hinter

ihr. Ein Mann und eine Frau. Jade Rio lief neben dem Commissaire her.

»Unser Beamter in Zivil bleibt im Zug, damit er nicht auffällt. Er fährt bis zur nächsten Station und kommt dann zurück. Wer ist der Mann hinter ihr?«

Lacroix beobachtete, wie sich der andere Fahrgast dicht hinter der jungen Frau hielt. Sie alle strebten dem Ausgang entgegen. Jetzt durften sie keinen Fehler machen. Nur nicht auffallen, um den potenziellen Täter nicht zu verschrecken. Aus dem Augenwinkel sah der Commissaire, wie sich die Fahrertür der Metro öffnete und ein Mann ausstieg. Er gab dem Kollegen im Führerstand die Hand und nahm seine Tasche, um dem Feierabend entgegenzustreben.

»Los, wir müssen dranbleiben«, sagte Jade Rio, und sie beschleunigten ihren Schritt.

»Nicht zu schnell«, murmelte Lacroix. »Wir haben doch Kollegen oben.«

Sie stiegen die Treppen empor. Die junge Frau und ihre Verfolger waren etwa fünfzig Meter vor ihnen, sie kamen gerade oben an. Lacroix und Rio folgten ihnen in einigem Abstand. Als sie draußen waren, sagte Rio leise ins Funkgerät: »Sie wird jetzt direkt nach Hause gehen. Wer ist der Mann? Schaut bitte, ob er eine Wunde im Gesicht hat. Aber nicht zu nah ran.«

Die Station Saint-Placide lag am gleichnamigen Platz. Hier rauschten die Autos auf der Rue de Rennes vorbei, stadtauswärts stand wie ein großer Schatten der hohe Tour Montparnasse, ein architektonisches Scheusal, der einzige echte Hochhausturm, der in der Altstadt von Paris hatte gebaut werden dürfen.

Zoe Zucchelli ging gerade über die Ampel und bog dann in die Rue du Regard ein, eine kleine Wohnstraße mit den typischen vier- und fünfstöckigen Häusern im Haussmann-Stil. Hier wohnte sie. In dem Haus mit der Nummer 18.

Lacroix sah, dass der Mann ihr immer noch folgte.

»Wollen wir zugreifen?«

»Auf keinen Fall«, erwiderte er.

Irgendetwas stimmte nicht. Der Mann war groß, größer als einen Meter neunzig sogar. Er passte nicht, weder von der Größe noch von der Statur, dieser hier war ganz schlank. Aber das Alter passte, ungefähr jedenfalls, obwohl der Verfolger vielleicht etwas jünger war, als die Zeugen den Angreifer beschrieben hatten. Dennoch: Lacroix hatte schon in früheren Fällen von fünf Zeugen fünf verschiedene Personenbeschreibungen bekommen, für ein und denselben Täter.

Zoe Zucchelli machte das gut. Obwohl sie den Mann in ihrem Rücken spüren musste, lief sie ganz normal und natürlich. Sie schien nicht in Eile, und sie drehte sich nicht um. Die Frau war ein Naturtalent. Einmal mehr fragte sich Lacroix, wie vorsichtig Frauen in diesen Zeiten auf die Straße gehen mussten und in welchem Alter junge Mädchen schon lernten, dass ihnen größere Gefahr drohte als Männern. Es war ein schlimmer Gedanke, aber es war eben auch Normalität im Leben einer Frau in Paris.

»In dreißig Sekunden ist sie an der Haustür«, sagte Rio in ihr Funkgerät.

Da geschah es: Der Mann blieb vor der Haustür mit der Nummer 20 stehen, gab den Türcode ein und ver-

schwand im Inneren, die Tür ging zu, und nun lief vor ihnen nur noch Zoe Zucchelli.

»Verdächtiger ist verschwunden«, sagte Rio und blickte Lacroix an. »Und was machen wir nun?«

»Unser Mann folgt nicht so auffällig, sonst hätten wir ihn doch längst auf Video gehabt – das war er nicht.«

»Aber wo ist er dann?«

»Das weiß ich nicht.« Lacroix wies geradeaus. »Wir folgen ihr nicht. Ich hoffe, wir waren nicht zu auffällig, weil wir den Mann von eben für den Täter hielten und uns nur nach vorne konzentrierten. Los, wir gehen da vorne zu der Bar.«

Er wies auf ein Bistro ein paar Häuser weiter, aus dessen Fenstern noch immer Licht auf die Straße drang. »Sie gehen rein, Capitaine, und bestellen, ich setze mich hier draußen hin und rauche eine. Und dann schauen wir, was passiert.«

»Glauben Sie, er kommt noch?«

»Ich hoffe es.«

Jade Rio verschwand im Inneren des Bistros, Lacroix sah sie mit dem Wirt feilschen, weil er gerade schon die Stühle hochstellte. Mit Pariser *patrons* war nach Feierabend nicht zu spaßen.

Er beobachtete die Straße, die menschenleer dalag. Er wusste, dass die Augen aller Beamten auf die Tür von Haus Nummer 18 gerichtet waren. Aber er sah niemanden. Ein gutes Zeichen. Sie waren alle gut gebrieft worden.

Aus den Augenwinkeln nahm er eine Gestalt wahr. In einem Hauseingang gegenüber. Um in der Dunkelheit etwas zu erkennen, kniff er die Augen zusammen. Hatte

die Gestalt einen Rucksack? Es war ein Mann, glaubte er, aber er konnte eigentlich nur die Augen sehen, die sich bewegten. War es Einbildung, oder waren das tatsächlich graue Augen?

Er sah sich nach Jade Rio um, aber die stand immer noch am Tresen, weil der Wirt gerade zwei Gläser füllte. Lacroix tastete in seiner Tasche herum. Er durfte nicht alles verderben –, aber er durfte auch nicht zu lange warten. Die Gestalt löste sich aus der Dunkelheit und überquerte die Straße. Nun war er sicher: Es war ein Mann, ein Mann mit einem Rucksack – und er hatte ihn schon einmal gesehen.

Der Commissaire entschied innerhalb einer Sekunde. Er ergriff die Pfeife, die er wie die Polizisten aus einem anderen Jahrhundert stets bei sich trug, und stieß einen gellenden Pfiff aus.

»Halt! Polizei!«, rief er und hastete los. Jade Rio sah ihn sofort, ließ den Wirt stehen und rannte heraus. Und auch die Gestalt hatte ihn wahrgenommen. Sie blickte sich um und lief los in Richtung Saint-Placide. Lacroix war nicht mehr der Jüngste, aber schnell war er immer noch. Auf der ganzen Straße öffneten sich Fenster, weil der Pfiff so laut gewesen war. Lacroix rief Jade Rio zu: »Da, der Mann, er läuft gen Osten.«

Vor Lacroix öffnete sich eine Tür, und ein Polizist kam heraus, die Waffe gezogen. Der Commissaire wies atemlos nach vorn: »Da! Er ist es!«

Der Mann ohne Gesicht war schnell, und er schien sich gut auszukennen. Er war schon auf der Rue de Rennes und bog nach links ab, rannte nun auf Saint-Sulpice zu. Er bewegte sich flink und im Zickzack, Lacroix pfiff im-

mer wieder, und nun waren Sirenen zu hören, aus allen Richtungen schienen sie sich auf die Szenerie zuzubewegen. Die Gestalt trennte nun schon zweihundert Meter von ihren Verfolgern.

»Wir müssen ihn kriegen«, rief Lacroix. Jade Rio hatte schon zu ihm aufgeschlossen. Sie hetzten gen Norden.

»Aber … Wo ist er …«, fragte die Capitaine, als sie bei der Rue d'Assas zum Stehen kamen.

Sie blickten sich nach links und rechts um, vor ihnen war die Straße bis auf ein paar nächtliche Passanten menschenleer.

»*Merde*«, murmelte Lacroix völlig außer Atem. Er hatte dieses Wort lange nicht mehr benutzt. Er war aber auch schon lange nicht mehr so weit gerannt.

»Ist er da?« Er wies auf einen Schatten, aber es war nur ein Straßenfeger, der den Unrat des Tages beseitigte. Er trug einen Rucksack, deshalb hatte der Commissaire ihn schlicht verwechselt.

»Verdammt, er kann doch nicht weg sein«, rief Rio wütend aus. Dann sprach sie in ihr Funkgerät.

»Nahbereichsfahndung rund um Saint-Placide, wir suchen einen Mann mit dunkler Jacke und Rucksack, haltet alle auf, die euch verdächtig vorkommen. Wir hatten ihn fast. So eine …« Die nächsten Worte sprach sie nicht aus.

»Er ist uns entkommen«, sagte sie und blickte den Commissaire aus leeren Augen an.

»Aber ich weiß, wer er ist«, erwiderte Lacroix und nickte ihr beruhigend zu. »Wir werden ihn kriegen, morgen schon, das ist sicher.«

23

Sie brauchten zehn Minuten zu Fuß zurück in die Rue du Regard, so weit waren sie durch das Quartier gerannt. Vor dem Haus hatten zwei bewaffnete Polizisten Aufstellung genommen, im Haus selbst stand auf jedem Treppenabsatz ein weiterer Beamter. Aus den umliegenden Häusern sahen die Bewohner rauchend aus den Fenstern und beobachteten interessiert, was vor sich ging.

Lacroix klopfte leise an die Wohnungstür. Nur ein paar Augenblicke später öffnete Zoe Zucchelli ihnen, und die Polizisten blickten in ihr fragendes Gesicht.

»Haben Sie ihn? Hatten wir Glück?«

Lacroix streckte die leeren Hände aus und erwiderte: »Für den Moment haben wir ihn verloren. Aber ich bin mir sicher, dass es nicht dabei bleibt.«

Sie verzog ihr Gesicht, so als hätte sie Schmerzen. »Mist. Ich hatte so sehr gehofft …«

»Bitte, Mademoiselle, Sie waren unglaublich mutig, und dank Ihnen werden wir den Täter bald festnehmen können. Wenn nicht in dieser Nacht, so doch morgen.«

»Weil Sie wissen, wer er ist?«

Lacroix nickte. »Ich habe eine Idee, ja. Aber ich möchte sie Ihnen nicht mitteilen, bevor Sie mir nicht aus Ihrer Sicht von der Nacht erzählt haben. Ich bin nämlich auf einige Details sehr gespannt.«

»Was möchten Sie wissen, Commissaire? Ach, Moment ...« Sie stand auf und ging kurz in die Küche. Dann kam sie mit einer Kanne und zwei Tassen wieder, eine weitere stand auf dem Couchtisch. »Hier, ich habe mir Tee gekocht, um meine Nerven zu beruhigen. Vielleicht möchten Sie ja auch, es ist Verveine, er ist sehr gut.«

»*Merci*, Mademoiselle, das ist sehr freundlich. Aber wenn Sie sagen, Sie mussten Ihre Nerven beruhigen, dann kann ich nur entgegnen, dass Sie sehr ruhig wirkten.«

»Das war nur der schöne Schein«, erwiderte Zoe Zucchelli. »Ich habe tatsächlich selten so gezittert wie in der Metro und auf der Straße.«

»Dann sollten Sie vielleicht über eine Karriere als Schauspielerin nachdenken. Es ist mir nicht aufgefallen.«

»Oder Sie werden gleich Polizistin«, fügte Jade Rio hinzu, »wir suchen immer gute Leute.«

»Ich denke darüber nach«, erwiderte Zoe Zucchelli. »Also, Commissaire?«

»Erzählen Sie uns, wie Sie alles erlebt haben. Von dem Moment, als wir gemeinsam auf der Insel aus dem Auto stiegen.«

Die junge Frau schenkte ihnen allen Tee ein. Sofort erfüllte der sanfte Duft des Eisenkrauts den Salon. Lacroix trank einen Schluck und nickte. Der Tee war wirklich sehr fein.

»Ich bin noch nie so nervös in die Metro gegangen.« Die Stimme der jungen Frau kam jetzt wie von weit her, als erzählte sie von einem Moment, der Jahre zurücklag. »Ich kam mir ziemlich allein vor auf dem Bahnsteig, aber ich wusste ja, dass Sie da waren, sogar ganz nah. Dann ... dann fuhr der Zug ein, und ich wollte auf die Wagen ach-

ten. Wie viele Menschen waren da wohl drin? Wer wartete dort auf mich? Waren Ihre Beamten wirklich drin, oder hatten sie vielleicht den Zug verpasst, und ich war allein? Schutzlos? Es ging alles sehr schnell.« Sie hustete und nahm schnell einen Schluck Tee. »Dann bin ich eingestiegen, und es waren zwei Leute im Abteil. Ein Mann nickte mir einmal kurz zu, das war Ihr Mann, oder?«

»Einer unserer besten«, erwiderte Rio.

»Wir fuhren dann die paar Stationen, und zum Schluss wurde ich immer nervöser. Ich wollte alles richtig machen. Ich wollte, dass Sie diesen Mistkerl kriegen.«

Sie wies aus dem Fenster auf die Straße, in die Richtung der Metrostation.

»Ich bin als Erste ausgestiegen, Ihr Polizist ist dringeblieben. Und dann habe ich mich beeilt, wie Sie es mir gesagt hatten. Aber ich habe mich auch einmal umgedreht, weil … Na ja, und dann bin ich raus auf die Straße – und da war jemand hinter mir.«

»Ein junger Mann … Wir hatten ihn im Verdacht …«

»Das ist lustig, weil ich wusste, dass er es nicht sein konnte. Ich kannte ihn vom Sehen. Er ist immer mit seinem Freund hier im Viertel unterwegs, sie sind ein sehr süßes Paar. Wir haben ein paarmal kurz geplaudert. Merkwürdig, weil er hinter mir war, fühlte ich mich auf einmal viel sicherer. Aber immer noch wusste ich, dass ich verfolgt werde. Ich hab dann rasend schnell meine Tür aufgeschlossen und bin hinein ins Haus. Ich bin die Treppe richtig raufgerannt und habe schnell die Wohnungstür aufgemacht, und dann habe ich mich hier richtig verriegelt und verrammelt. Es war so unheimlich.«

»Und dann?«

»Dann kamen nach einer halben Stunde all diese Beamten. Sie haben geklopft und mir gesagt, ich solle in der Wohnung bleiben. Sie würden für meine Sicherheit sorgen.«

»So ist es, Mademoiselle. Der Täter weiß jetzt, wo Sie wohnen. Aber dieses Haus ist für heute Nacht das sicherste von ganz Paris. Sie sind hier so sicher wie der Präsident im Elysée.«

»Aber … was ist mit morgen?«

»Morgen werden wir den Mann festnehmen. Sie sagten vorhin, sie wollten sich auf den Wagen konzentrieren, als die Metro einfuhr. Warum sprachen sie im Konjunktiv?«

»Weil es nicht ging. Weil ich …«, sie senkte die Stimme, »ich habe diese Augen gesehen, die mich angestarrt haben, als hätten sie ein Ungeheuer entdeckt. Die grauen Augen. Sie waren weit aufgerissen, und ich weiß, dass mich dieser Blick noch ewig verfolgen wird.«

»Wer hat Sie so angesehen?«, fragte Lacroix.

»Der Mann, der im Führerhaus saß. Da waren zwei. Aber ich kann mich nur an den Blick des einen erinnern, als die Metro einfuhr. Er … oh, das war so furchtbar. Als ich im Zug saß, hab ich immer nach vorne gesehen, ob die Fahrertür aufgeht. Aber ich war ja im zweiten Wagen. Und als ich ausgestiegen bin, habe ich mich umgedreht, aber die Fahrertür war immer noch zu.«

Lacroix nickte. »Das wollte ich von Ihnen hören«, sagte er leise. »Denn der Mann ist ausgestiegen. Er hat den Zug verlassen, gerade als Sie die Station verließen. Ich hatte ihn nicht beachtet, aber ja, er war dieser Mann, der es auf Sie abgesehen hatte. Der zweite Fahrer.«

24

Sie gingen noch in der Nacht ins Kommissariat, und Jade Rio besorgte die Telefonnummern der Metrofahrer der Linie 4 der letzten vier Tage – immer jene des letzten Zuges.

Es war mittlerweile vier Uhr am Morgen, deshalb entschieden sie, noch zwei Stunden zu warten, bevor sie anriefen.

Lacroix streckte sich auf seinem Stuhl aus, legte die Füße auf den Schreibtisch und schaffte es so tatsächlich, zwei Stunden Schlaf zu kriegen. Als er erwachte, fühlte sich sein Rücken an, als wäre er neunzig Jahre alt. Und er brauchte dringend einen *café*.

Doch vorher setzte er sich neben Jade Rio, die auch gerade erwacht war, auf den Schreibtisch. Sie wählte die erste Nummer und stellte das Telefon laut. Eine verschlafene männliche Stimme meldete sich mit mürrischem Ton.

»Ja?«

»Capitaine Rio, Kommissariat des sechsten Arrondissements. Monsieur Ducru, Sie sind vor vier Tagen die letzte Metro der Linie 4 gefahren?«

»Ja, klar. Einmal pro Woche.«

»Haben Sie an dem Abend einen Ihrer Kollegen mit in den Feierabend genommen?«

»Wieso ist das wichtig?«

»Beantworten Sie meine Frage.«

»Ja, habe ich. Wir nehmen oft Kollegen mit, die irgendwo hinmüssen, weil sie Feierabend haben.«

»Und an diesem Abend war das auch so?«

»Ja … sag ich doch.«

»Und an welcher Station ist der Kollege ausgestiegen?«

»Mmh, das war … ah ja, Vavin. Hab noch gelacht und ihm am nächsten Tag 'ne Nachricht geschrieben, weil da ja dieses Mädchen umgebracht wurde und ich ihm schrieb, ob er was damit zu tun hat. Natürlich nur als Scherz.«

»Sehr witzig, Monsieur.«

»Machen Sie nie Scherze?«

»Nicht über tote Frauen, ehrlich gesagt. Wie hieß der Kollege?«

Als sie aufgelegt hatte, wählte Rio sogleich die Nummer der nächsten Fahrerin. Die Frau am anderen Ende war freundlich und herzlich.

»Ja, ich nehme immer gern einen Kollegen im Feierabend mit. Dann ist man nicht so allein und kann quatschen. Aber vorgestern, na ja, der war nicht gut drauf. Der hat die ganze Zeit so gestiert.«

»Wo ist er denn ausgestiegen?«

»Mmh, das war merkwürdig, er sagte, er wohnt bei Denfert-Rochereau, aber er ist schon in Odéon ausgestiegen. ›Ich muss los‹, hat er gesagt – und weg war er.«

»Und wissen Sie seinen Namen?«

Der dritte Fahrer hob nicht ab, dafür aber der vierte, der vom Vorabend.

Ja, auch er hatte einen Fahrer mitgenommen, der ab der Station Cité leise vor sich hin gemurmelt hatte. Ihm

sei es ganz schön merkwürdig vorgekommen, weil der Mann so nervös gewesen war. An der Station Saint-Placide sei er ausgestiegen, erst kurz vor der Abfahrt, aber wenigstens habe er sich ordentlich verabschiedet.

»Und wie hieß der Mann?«

»Er hieß Arthur. Arthur Arnaut.«

Als sie aufgelegt hatte, sah Jade Rio den Commissaire erstaunt an.

»Ich weiß nicht, wie Sie das machen – aber nun haben wir viermal denselben Namen gehört.«

»Sie kriegen jetzt raus, welche Linie Monsieur Arnaut heute fährt.«

»Glauben Sie, er ist zur Arbeit gegangen?«

»Ich denke schon. Seine einzige Chance ist, alles normal wirken zu lassen.«

»Ich kriege auch gleich seine Adresse raus.«

»Sehr gut. Wenn Sie alles haben, holen Sie mich im Chai de l'Abbaye ab. Ich sage jetzt nichts mehr ohne eine Tasse *café*.«

25

Yvonne war gerade dabei, das Café zu öffnen und die Rollläden hochzuziehen, da stand der Commissaire schon trampelnd vor der Tür.

»Du bist ja mein liebster Gast. Aber mein erster bist du nur sehr selten.«

»An guten Tagen versuche ich es.«

»Und heute ist ein guter Tag?«

»Dafür bete ich.«

»Na dann, ein *café, mon commissaire*?«

»So groß wie ein Eimer. *Merci beaucoup.*«

Sie ließ die Kaffeemaschine zischen, und eine Minute später stand ein frisch duftender herber *café* vor ihm. Dazu nahm er sich ein Croissant aus dem Korb, das ofenfrisch aus der Bäckerei nebenan gebracht worden war. Dieses Frühstück war ein Fest. Er nahm sich vor, gleich Dominique anzurufen, damit sie sich keine Sorgen machte, wenn sie aufwachte.

»Hast du deinen Fall gelöst?«, fragte Yvonne Abeille.

»Gelöst haben wir ihn, aber festnehmen müssen wir den Täter noch.«

»Er ist auf freiem Fuß?«

»Es ist eine Frage von Stunden.«

Gerade als er Dominique eine Nachricht auf den Anrufbeantworter gesprochen hatte, hielt der kleine Renault von Jade Rio auch schon auf dem Bürgersteig.

»Sie kommen keine Minute zu früh«, sagte Lacroix, als er sich auf den Beifahrersitz setzte.

»Ich habe Polizisten vor die Wohnung von Arthur Arnaut geschickt. Er wohnt ganz nah bei Denfert-Rochereau, in der Funkzelle, in der die Handys der beiden Opfer ausgeschaltet wurden.«

»Das passt also.«

»Aber er wird nicht mehr da sein. Er hat nämlich Frühdienst. Er fährt heute die Linie 5 zwischen Place d'Italie und Bobigny.«

»Na dann, nichts wie los.«

»Wenn wir uns beeilen, dann kriegen wir seinen Zug in einer halben Stunde an der Station Campo-Formio. Da gibt es nur einen Ausgang – für den Fall, dass er fliehen will.«

Dass sie sich beeilen musste, hatte Rio sozusagen zu sich selbst gesagt. Nachdem sie den Wagen in einem Affenzahn vom Bürgersteig gesteuert hatte, bemühte sich der Commissaire, schnell den Gurt anzulegen.

In Windeseile rasten sie gen Südosten, immer in Richtung des vierzehnten Arrondissements, das im Süden an das sechste angrenzte.

Nach nicht einmal zwanzig Minuten bremste Rio den Wagen ab, und sie hielten im Parkverbot genau an der Metrostation.

Sie stiegen aus und nahmen die Treppen in den Untergrund, Lacroix entwertete das zweite Ticket, das er am Vorabend gekauft hatte, Rio nahm ihre Abonnementkarte zur Hand.

»Es ist der Zug mit der Kennung 0415. Vorne sind die Nummern angeschrieben.«

Sie mussten tatsächlich vier Züge abwarten, ganz vorne an der Bahnsteigkante. Um diese Zeit verkehrten die Züge hier alle zwei Minuten. Als der fünfte Zug einfuhr, sahen beide gleichzeitig die gesuchte Nummer. Doch sie stiegen nicht in den Waggon ein, Lacroix öffnete einfach die Fahrertür ganz vorne, die ohne Probleme aufschwang. Der Mann mit den grauen Augen sah sie unverwandt an, wenn er überrascht war, konnte man es in seinem Blick kaum erkennen.

»*Salut*, Monsieur Arnaut.«

»Ja?«

Lacroix betrat das Führerhaus, Jade Rio folgte ihm, die Hand an der Waffe.

»Wir sind von der Polizei. Fahren wir die letzte Station bis zum Endhalt, dort sollten wir dann die Reise beenden.«

»Aber … Sie wollen bei mir mitfahren?« Seine Stimme war genauso hell, wie Denise Grangousier sie beschrieben hatte.

»Wir werden bei Ihnen mitfahren. Ganz recht.«

Arthur Arnaut drückte einen Knopf, ein Signal ertönte, und die Türen hinter ihnen schlossen sich, dann bediente er den Hebel auf dem Bord, und der Zug setzte sich in Bewegung. Sie fuhren in den Tunnel ein, der hier gar nicht dunkel war, sondern unter den Gleisen hell erleuchtet. Der Mann neben ihnen fuhr ganz konzentriert. Nur ab und zu sah Lacroix, wie seine Augen zuckten.

Seine Stimme war ganz ruhig, als er sagte:

»Monsieur, gestern Abend hätten Sie Ihren Plan fast vollendet, oder?«

»Welchen Plan?«, fragte die helle Stimme, aber der Atem des Mannes ging nicht mehr so ruhig wie zuvor.

»Sie haben gestern erfahren, wo die junge Frau wohnte, die Sie gerne besitzen möchten – ist es nicht so? Sie waren so nah dran, schon gegenüber ihrem Haus. Aber dann ... dann habe ich Sie gesehen.«

Lacroix betrachtete ihn. Der Nachbar von Denise Grangousier hatte recht gehabt: Der Mann war tatsächlich nicht groß. Dafür war er sehr breit und kräftig. Die Oberarme sahen so aus, als ginge er täglich ins Fitnessstudio oder würde körperlich arbeiten. Er hatte unreine Haut mit dunklem Teint, die Zähne waren dunkelgelb verfärbt. Am schlimmsten aber waren diese grauen Augen, die unstet durch den Tunnel wanderten. Sie waren klein und gaben seinem Blick etwas Verschlagenes. Der Rucksack stand links zu seinen Füßen. Er sah aus wie jener, den er gestern in der Dunkelheit gesehen hatte.

»Ich habe Ihnen nichts zu sagen, Commissaire.«

Seine Stimme war tatsächlich sehr hoch. Sie passte so gar nicht zu seiner Gestalt. Aber sie hatte auch etwas Fispelndes, und damit machte sie die Person für Lacroix noch unangenehmer.

Vorne wurde es wieder hell, und nach Sekunden rumpelten sie in die Station Place d'Italie ein. Der Fahrer bremste und gab die Türen frei. Dann sah er den Commissaire fragend an.

»Und was jetzt?«

»Jetzt bleiben wir hier stehen. Denn hier ist Endstation.«

»Was soll das bedeuten?«

»Monsieur Arthur Arnaut, wollen wir es einfach ab-

kürzen? Und Sie sagen uns, warum Sie in den letzten Tagen derart schreckliche Verbrechen begangen haben?«

Der Mann kniff die kleinen Augen zusammen. Es schien, als würde ihn das Licht des Bahnhofs blenden und als fühlte er sich in den Tunneln unter der Stadt deutlich wohler. Er wandte den Kopf zum Commissaire, der nun sehr gut das Gesicht sehen konnte. Mitten über die Wange verlief der Riss, den das Glas gezogen hatte. Es würde für immer eine Narbe bleiben.

»Sie können sich zumindest etwas Gnade vom Richter erhoffen, wenn Sie jetzt gestehen«, sagte Lacroix. »Die Beweise reichen. Dafür bräuchten wir nicht mal die hübsche Wunde in Ihrem Gesicht, die Denise Grangousier Ihnen zugefügt hat. Aber gut, die haben wir ja nun auch noch. Wir müssen nur die Scherben des Glases mit der Wunde vergleichen – und dazu noch die DNA … das wird dann hundertprozentig reichen, um Sie für immer hinter Gitter zu bringen.«

Arthur Arnaut schien ihn mit seinem Blick abzumessen. Meinte er, der Commissaire würde scherzen? Oder bluffen? Aber es hatte funktioniert: Wie automatisch fasste sich der Mann an die Wange und berührte den Schnitt, an dem immer noch verkrustetes Blut klebte. Denise Grangousier hatte ihn sehr gut getroffen, genau an der linken Wange.

Leider hatte Lacroix aus dem Labor schon gehört, dass die DNA-Probe des Blutes verunreinigt worden war, niemand wusste, wie das hatte geschehen können. Docteur Obert versuchte zu retten, was zu retten war, aber es war unklar, ob es ihm gelingen würde. Ein kluger Anwalt könnte in jedem Fall durchsetzen, dass die Probe vor

Gericht nicht zugelassen würde – und dann hätten sie eben doch nicht genug. Das würde er diesem Mistkerl hier natürlich nicht sagen. Aber ja. Sie brauchten mehr, sie brauchten ein Geständnis.

»Sie sind an allen vier Stationen ausgestiegen, immer aus der letzten Metro. An den Stationen Vavin, Odéon, Mabillon und gestern Saint-Placide. Sie haben die Frauen an den Stationen stehen sehen – und haben jedes Mal gedacht, es sei die junge Frau von dem Plakat, nicht wahr?«

Immer noch hielt der Mann den Steuerknauf in der Hand und blickte nach vorne in die Dunkelheit.

»Mann, Herrgott, reden Sie.«

Lacroix verlor allmählich die Geduld. Seine Stimme dröhnte viel zu laut durch das kleine Führerhaus. Er war eigentlich sehr beherrscht, aber dieser Mann hatte etwas in ihm ausgelöst. Die Brutalität, die in seinem Blick lag, und die fehlende Empathie.

»Haben Sie sich in das Model verliebt, das auf dem Plakat zu sehen ist?« Jade Rio fragte es ganz leise und sanft, und nun zuckten die Augen des Mannes deutlicher. Er blickte an Lacroix vorbei zu der Capitaine. »Sie haben sie gestern wirklich gesehen. Das auf dem Bahnsteig bei Cité, das war sie.«

Der Mann räusperte sich, dann sagte er: »Ich wusste es. Diesmal war ich mir ganz sicher. Aber … dann war ich vor ihrer Wohnung – und da gab es diesen Pfiff. Da bin ich nur noch weggerannt.«

»Was wollten Sie von der jungen Frau auf dem Plakat?«, fragte Rio. »Wären Sie in ihre Wohnung eingedrungen wie bei den anderen jungen Frauen? Hätten Sie sie auch erwürgt?«

»Nein …«, die Stimme des Mannes war nun ganz laut, »niemals hätte ich das getan. Ich wollte sie doch nur … kennenlernen. Schon so lange sehe ich sie auf den Bildern, und ich glaube, dass sie mich auch kennenlernen möchte. Und deshalb … ich wollte einfach nur mit ihr reden.«

»Aber die anderen Frauen – was war mit denen?«

»Die … die waren doch nicht sie. Und ich habe sie so dringend gesucht und wollte sie unbedingt treffen. Aber … als ich dann in der Wohnung stand, vor vier Tagen, da war ich so enttäuscht, dass sie es nicht war … Und dann hat die Frau auch noch so geschrien und dann …«

»Dann haben Sie sie umgebracht?«

Aus dem Tunnel vor ihnen drang helles Licht, und sie hörten das neuerliche Rumpeln des Zuges, der nun auf dem Gegengleis seine Fahrt antreten würde. Dann ging alles ganz schnell: Als die Lichter des Zuges auftauchten und der Wagen sich aus dem Tunnel schob, riss der Mann die Fahrertür auf der linken Seite auf und schnellte aus seinem Sitz empor, er war schon mit der Brust halb aus dem Führerhaus und auf den Gleisen, doch Lacroix streckte seine Hand vor und packte den Mann fest am Revers, er zog ihn zurück und schleuderte ihn wieder auf seinen Sitz. Jade Rio rief: »*Oh, mon dieu.* Wie schnell waren Sie denn, Commissaire?«

Der Mann hielt sich die Hand vors Gesicht und wimmerte. Lacroix aber stand über ihm und sagte leise: »So kommen Sie nicht davon, Monsieur. Arthur Arnaut, ich verhafte Sie wegen zweifachen Mordes und versuchten Mordes.«

Auch wenn er gerne zufriedenstellende Antworten auf

die Frage bekam, wie es zu Taten gekommen war – in diesem Fall musste er sich mit den wirren Worten des Mannes zufriedengeben, so schwer es ihm auch fiel. Aber für manche Abscheulichkeit konnte er eben auch keine verständliche Erklärung erwarten.

Non, merci. Heute Abend gehe ich zu Fuß, ich danke Ihnen.«

»Sind Sie sicher, Madame le Maire? Soll ich Sie nicht lieber fahren? Der Weg nach Hause ist weit.«

»Das stimmt, Monsieur, der Weg dorthin, wohin wir wollen, ist sogar noch weiter. Aber ich befinde mich ja in Begleitung des besten Polizisten der Stadt, also in besten Händen. Machen Sie sich einen schönen Abend. Und grüßen Sie Ihre Familie von mir.«

»Das ist sehr freundlich, Madame le Maire. Wenn Sie mich brauchen, dann rufen Sie an, ja?«

»Das machen wir. *Merci. Bonne soirée.*«

»*Bonne soirée à vous.*«

Der ältere Herr in schwarzem Anzug stieg in den großen Wagen und fuhr langsam davon. Sicher beobachtete er sie beide noch im Rückspiegel, dachte Lacroix. Schließlich war es seine Aufgabe, die Bürgermeisterin zu fahren und sie nicht allein durch die Stadt laufen zu lassen. Aber der goldene Käfig war noch nie Dominiques Sache gewesen.

»So, *mon cher*, ist es mir doch viel lieber. Der Abend ist schön warm, und du gehst neben mir, so könnte ich auch bis London laufen.«

»Dann müssten wir allerdings noch ein wenig schwimmen.«

»Mmh, stimmt. In Geographie war ich noch nie richtig gut.«

Sie lächelten einander an. »Und du führst mich also heute chic aus? Dann nehme ich an …«

Der Commissaire hatte eine Stunde vorher Véronique darüber informiert, dass er die Bürgermeisterin am Abend in ihr Stammlokal zum Essen ausführen würde. Und dafür gab es im Hause Lacroix stets nur einen Grund. Deshalb nickte er, gerade als sie den Pont des Arts überquerten, auf dem Liebespaare eng umschlungen Selfies machten.

»Ja, der Fall ist gelöst. Und ich erzähle dir gleich alles, wenn wir ein Glas Wein haben.«

»Oh, bitte zwei. Ich möchte nicht immer teilen müssen.«

Lacroix grinste. »Das lässt sich einrichten.«

Dominique hatte recht, es war wirklich der perfekte Abend für einen Spaziergang. Von der Seine wurde noch die Hitze des Tages abgestrahlt, dennoch ging schon ein leichter Wind, der wie der Vorbote des Herbstes den Quai entlangzog. Gegenüber strahlte das Grand Palais im Sonnenuntergang. Das Museum würde nach dem langen Umbau bald wieder öffnen, Lacroix freute sich sehr darauf. Die Trikolore oben auf der Glaskuppel wehte stolz im Wind, und die goldenen Statuen auf der Pont Alexandre III schienen im Spiegellicht der Sonne zu glühen. Es war ein wunderschöner Anblick. Der dadurch noch schöner wurde, dass Dominique ihn an der Hand hielt, die ganze Zeit, die ganzen Kilometer, bis sie eine Stunde später in die Rue Saint-Dominique einbogen.

»Ist es eigentlich Zufall, dass unser Lieblingsrestaurant ausgerechnet in der Straße liegt, die heißt wie du?«

»Mmh«, erwiderte Dominique, »Du hast ja recht … Und weißt du was? Es ist mir noch nie aufgefallen. Aber ich sage dir: Würde die Straße anders heißen, hätte ich ja jetzt die Kraft meines Amtes, sie einfach umzubenennen. Willst du auch eine Lacroix-Straße haben?«

»*Oh, non*, lieber nicht. Und wenn, dann nur eine ganz kleine, wo möglichst gar keine Menschen drüberlaufen.«

»Ich schaue mal, was sich machen lässt.«

Lacroix sah das Restaurant mit der roten Markise schon von Weitem. Die Tische vor der Tür, mit ihren makellosen Tischdecken und den rot-weißen Servietten. Die runden Lampen der alten Bistros, die hier ganz selbstverständlich zur Einrichtung gehörten. Die Holztür, vor der schon jetzt die Gäste warteten und um Einlass begehrten. Aber es war die Chefin, die hier die Tische zuwies. Sie tat das persönlich und mit ein paar freundlichen Worten für jeden Gast. Und darauf wartete man gern.

Auch die Lacroix' stellten sich ganz normal in die Schlange. Als Christiane sie erblickte und sie vorziehen wollte, schüttelte Dominique einmal kurz den Kopf. Die Wirtin verstand sofort. Keine Extrawürste, nur weil sie die Bürgermeisterin war – das schickte sich nun wirklich nicht.

Es dauerte auch nur ein paar Minuten, dann betraten sie das Restaurant, dessen Name mit Mosaiksteinen auf den Boden gelegt war: *Fontaine de Mars*. Das Ehepaar Lacroix begrüßte die Wirtin mit *bises*, sie kannten sich schon seit Jahren.

»Dominique«, sagte Christiane, »es ist so schön. Ich hoffe, die ersten Tage im neuen Amt waren keine Qual?«

»Sehr viel Blattgold und sehr viel Arbeit«, erwiderte Madame Lacroix. »Aber es ist alles fein.«

»Das freut mich. Und was mich auch freut, ist …«, sie senkte die Stimme, »dass du den Fall offenbar gelöst hast, der mich um den Schlaf gebracht hat. Schließlich habe ich jetzt jeden Abend gebangt, ob meine Tochter heil nach Hause kommt, sie ist ja auch fünfundzwanzig, so wie die anderen armen Geschöpfe.«

»Ja, es war in der Tat furchtbar«, erwiderte Lacroix. »Aber nun brauchst du dir erst mal keine Sorgen mehr zu machen – andererseits: Machen wir uns nicht immer Sorgen?«

Christianes Miene veränderte sich, und nun wurde sie von der Mutter zur Gastgeberin.

»Heute Abend machen wir uns keine Sorgen«, sagte sie strahlend. »Kommt, der beste Tisch wartet auf euch.«

Sie wollte sie eben zu ihrem Stammplatz unter dem großen Spiegel führen, doch Dominique hielt sie zurück. »Sag mal, es ist so ein schöner Abend, und der Herbst kommt früh genug – gibt es einen Tisch auf der Terrasse?«

»Natürlich. Kommt, ich gebe euch den Tisch genau am Brunnen.«

Sie führte sie hinaus und stellte zwei Stühle nebeneinander mit Blick auf ebenjenen Märzbrunnen, der in der Mitte des Platzes stand, genau vis-à-vis der rumänischen Botschaft, die hier in einem wahren Palast untergebracht war.

Am Abend des *dîners* wollten Dominique und ihr

Mann sich nicht gegenüber-, sondern stets nebeneinandersitzen, und die Wirtin wusste das.

»*Merci*, du bist wunderbar«, sagte Dominique, dann nahmen sie Platz.

»Erst einmal ein *apéro*?«

»Zwei *coupes, merci.*«

Die Wirtin verschwand, und das Ehepaar ließ sich in ihre Holzstühlen zurücksinken. Neben ihnen plätscherte der Brunnen leise, und Lacroix spürte, wie sich sein Atem beruhigte und seine Sinne sich auf diesen Abend einstellten. Der Fall war gelöst, er konnte jetzt wieder ruhiger werden.

»Zwei Gläser Champagner«, sagte Christiane, als sie kurze Zeit später mit der Flasche Taittinger und zwei Gläsern wiederkam und ihnen direkt am Tisch eingoss. Die goldene Flüssigkeit perlte in ihren Gläsern.

»*Merci.*«

»Auf euer Wohl«, rief die Wirtin, und dann verschwand sie, um sich anderen Gästen zuzuwenden.

»Auf uns«, sagte Dominique und erhob ihr Glas.

»Auf uns«, erwiderte Lacroix.

Dann stießen sie an und tranken, und es war wie stets: Der Champagner belebte den Commissaire schon nach dem ersten Schluck. Es kam ihm so vor, als ginge die Perlage ihm direkt ins Blut, sein Kopf sprühte sogleich wieder vor Energie. Es war wirklich ein Wundergetränk.

»So, *mon cher*, erzähl mir alles.«

»Es ist ein fünfundvierzigjähriger Mann gewesen, ein Fahrer der Metro.«

»Wirklich?«

»Ja. Ein sehr einsamer Mann, wie es scheint. Er hatte

noch nie eine Beziehung. Nichts. Und ich habe selten jemanden erlebt, der so wenig Empathie hatte. Er hat sich wirklich nur für das Aussehen dieser jungen Frau interessiert. Eine echte Obsession. Wie ein Wahnsinniger. Daher stammt ja wohl das Wort *Wahn*.« Lacroix stöhnte. »Es war ein anstrengendes Verhör.«

»Das glaube ich dir aufs Wort.«

Christiane kam zurück und stellte sich neben den Tisch.

»Und, mein liebstes Ehepaar? Wonach steht euch heute der Sinn?«

Lacroix wies zum strahlend blauen Himmel. Er brauchte die Karte nicht, weder er noch Dominique. Sie kannten das Menü des Lokals auswendig, und sie wussten auch, welche Köstlichkeiten zu welcher Jahreszeit angeboten wurden.

»Wir nehmen die Endivien mit dem Ziegenkäse voneweg«, bestellte er. Dominique nickte nur, er war sich sicher, dass sie das Gleiche bestellt hätte. »Und dann die Schnecken aus der Bourgogne. Wollen wir zwölf nehmen? Ja, heute sind zwölf genau richtig.«

»Und als Hauptgang?«

»Wir teilen uns die Seezunge und nehmen dazu die grünen Bohnen und ein Gratin Dauphinois?«

»Wunderbare Wahl. Ich lasse die Vorspeisen direkt anrichten? Oder braucht ihr noch Zeit?«

Lacroix sah seine Frau an und sagte: »Nein, sehr gerne direkt. Wir sind sehr hungrig.«

»So sei es. Euer Rotwein ist schon entkorkt. Ich bringe ihn gleich an den Tisch. Mit den Schnecken …« Und damit verschwand sie.

»Ich liebe, wie du für uns bestellst«, sagte Dominique.

»Und ich liebe, wie du für uns bestellst.«

»Na, das ist doch was Gutes«, sagte seine Frau und ergriff seine Hand. »Erzähl weiter von deinem Verhör.«

»Du kannst es dir nicht vorstellen: Er saß in seiner Fahrerkabine und sah jeden Tag dieses Plakat von der jungen Frau in den Dessous. Aber ihm ging es nicht wie den anderen Parisern. Er wollte nicht die Dessous kaufen, für sich oder für seine Freundin – er wollte diese junge Frau besitzen. Er sagt, er habe sich in sie verliebt. Und dann wurde es zu einer Obsession. Sie hing ja in jedem Bahnsteig, also steigerte er sich in diese Liebe hinein. Er wurde langsamer, das sagt er auch selbst, er fuhr bei jedem Bahnhof langsamer an dieser Reklame vorbei. Und dann las er einen Artikel im *Parisien*, der besagte, dass sie an einer Station der Linie 4 wohnte. Und fortan suchte er sie. Er suchte die Frau, die er liebte.«

»Wie verrückt kann ein Mensch sein …«, erwiderte Dominique.

»Eine Verrücktheit, die zwei junge Frauen das Leben gekostet hat.«

»Aber er hat sie nicht angerührt?«

»Er hat sie gesehen und gedacht: Das ist sie, die junge Frau von dem Plakat. Aber sie waren es nicht. Ich glaube, dass er sie deswegen nicht angerührt hat. Er hat sie nur getötet, weil er wütend war, dass er immer noch nicht seine Frau gefunden hatte. Er wollte seine Tat verschleiern, und er wollte weiter nach ihr suchen. Ein echter Abgrund, all das.«

»Aber dann habt ihr sie ihm auf dem Silbertablett geliefert. Meinst du, er hätte sie dann …«

»Das weiß ich nicht«, erwiderte Lacroix, die Frage seiner Frau vorausahnend. »Vielleicht hätte er sie vergewaltigt, vielleicht hätte er sie auch getötet, ich kann es nicht sagen. In jedem Fall ist es ein Mann ohne jedes Gefühl. Und ich bin sehr froh, dass er jetzt niemals mehr Unheil anrichten wird.«

»*Messieurs dames*«, sagte Christiane und stellte einen großen Teller und eine dampfende Platte vor sie hin. »Die Endivien mit Ziegenkäse und die Schnecken à la Fontaine. Ich wünsche euch guten Appetit. Der Wein kommt sofort.« Sie verschwand wieder und brachte Sekunden später zwei Bordeaux-Gläser und den Wein, einen exzellenten Roten aus dem Médoc. Er war extra für das Restaurant gekeltert worden. Dominique und der Commissaire liebten diesen weichen und samtigen Wein seit ihrem ersten Besuch.

Sie betrachteten kurz die Teller, die vor ihnen hingestellt worden waren, dann blickten sie sich lächelnd an und begannen zu essen.

Lacroix nahm zuerst von den Endivien. Sie waren nur ganz leicht blanchiert worden, sodass die Bitterkeit noch durchkam. Hinzu kamen der ganz feine und leichte Ziegenkäse, der eine sanfte Note schaffte, und der salzige Serrano-Schinken. Er schloss die Augen, weil es so gut schmeckte. Dominique hatte sich zuerst eine Schnecke aus dem breiten Teller geangelt, und jetzt tat er es ihr nach. Die *escargots* aus der Bourgogne waren in Butter mit reichlich Knoblauch und einer Kräutermischung überbacken worden, deren Rezeptur der Koch aus der Normandie wie einen Schatz hütete. Zu recht, befand Lacroix, denn das Ergebnis schmeckte wirklich so herz-

haft-würzig und lecker wie nirgendwo sonst. Auch das Schneckenfleisch war alles andere als zäh, es war einfach nur zartschmelzend und sehr fein.

»Fabelhaft«, sagte Dominique leise, und Lacroix erwiderte: »Ja, *c'est vraiment merveilleux.*«

Nach einigen Minuten hatten sie wieder die Muße, um weiterzureden. Der Commissaire nahm noch einen Schluck aus seinem Glas. Der Rotwein hatte genau die richtige Temperatur, eher zu kalt als zu warm. Christiane räumte die Teller ab, und das Ehepaar setzte sein Gespräch fort.

»Wie geht es der jungen Frau?« Dominique sah Lacroix fragend an.

»Ich glaube, dass es ein schlimmer Moment war, als er in der Wohnung tatsächlich neben ihr stand. Aber wir waren schnell. Gott sei Dank.«

»Ich kann mir vorstellen, wie schwer das für dich war. Diese Frau nicht beschützen zu können …«

»Wäre ihr etwas passiert, hätte ich am selben Tag meinen Beruf aufgegeben«, sagte Lacroix und meinte es genau so. Er hätte nicht eine Sekunde gezögert. Dafür hatte er ihr zu viel versprochen.

»Aber es ist ja gutgegangen.«

»Auch, weil du etwas gewagt hast«, erwiderte Lacroix. »Ich glaube, Denise Grangousier hat nur dank dir überlebt.«

»Tja, wir sind ein gutes Team.«

»Das sind wir tatsächlich.«

»Ein gutes Team ist nur so gut wie die Seezunge, die es isst«, sagte Christiane, die sich von hinten genähert hatte. Jetzt stellte sie die Platte mit dem gegrillten

Fisch und die Teller mit den Beilagen vor den Lacroix' auf. Das Kartoffelgratin war mit reichlich Cantal-Käse überbacken, die Bohnen mit Knoblauch und Schalotten gedämpft, und der Fisch hatte auf dem Grill feine Röstnoten bekommen.

»Das sieht fabelhaft aus«, sagte Dominique, und Lacroix erhob im selben Augenblick sein Glas.

»Auf uns, *ma chère*. Und *bon appétit*.«

Paris/Berlin, September 2023

Place
Charles de
Gaulle

Arc de Triomphe

Av. de Friedland

Boulevard Haussmann

Gare St.-La

Palais de l'Élysée

Av. des Champs-Élysées

Rue Saint-

Grand
Palais

Petit Palais

L'Obé

Musée d'Art Moderne
de la Ville de Paris

Cours la Reine

Place
de la Concorde

Quai des Tu

Seine

Quai d'Orsay

Assemblée
Nationale
Pal. Bourbo

Rue de l'Université

Tour Eiffel

Rue Saint Dominique

7

3

Rue de Grenelle

Rue Cler

Hôtel des
Invalides

4

Musé

Parc du Champs
de Mars

ST. - GERMA
DES - PRÉS

Musée
Rodin

Rue de Var

1 Kommissariat des fünften
und sechsten Arrondissements
4 Rue de la Montagne Sainte-Geneviève

Av. de Lowendal

Av. de Ségur

Av. de Breteuil

Rue de Babylone

2 Chai de l'Abbaye,
Lacroix' Stammbistro
Rue de Buci

3 Wohnung der Lacroix'
Rue Cler

4 Basilique Sainte-Clotilde
23B Rue las Cases

Rue de Sèvres

Rue du Cherch

5 Quai des Orfèvres, die legendäre
Adresse der Pariser Kriminalpolizei
36 Quai des Orfèvres

Rue de Vaug

6 Rathaus von Paris
Wirkungsstätte von Dominique Lacroix
Place de l'Hôtel-de-Ville

MONTPARNASSE

7 Fontaine de Mars, Lieblingsrestaurant der Lacroix'
129 Rue Saint-Dominique

»Am liebsten bin ich aber die beste Ehefrau, die du je hattest.«

»Na, da liegst du sehr gut im Rennen, wenn ich das sagen darf.«

»Das darfst du. Heute Abend *dîner*?«

»Wenn es so ruhig bleibt, komme ich gerne schon zum Mittag. Die Kantine im Rathaus soll ausgezeichnet sein.«

Sie lächelte wieder. »Heute Mittag führt mich mein Vorgänger chic aus. Er macht ja die Übergabe. Aber ein andermal gerne. Also bis heute Abend.«

»*Bon courage*«, sagte Lacroix, und sie küssten sich noch einmal. Dann strich Dominique ihr Kostüm glatt und ging die letzten Meter auf das hochherrschaftliche Gebäude zu. Das Rathaus war eine Landmarke der Stadt, ungefähr auf gleicher Höhe wie Notre-Dame genau am Ufer des Flusses. Es war im verspielten Stil der Neorenaissance erbaut, mit unzähligen von Bogen gerahmten Fenstern, Türmchen und Zinnen und großen Figuren hoch oben auf dem Schieferdach – ein echtes Château, das auf die Macht des Mannes verwies, der diese Stadt regierte. Oder eben die Macht der Frau. Es waren viele Touristen hier, die Fotos machten von diesem Zuckerbäckerbau und die natürlich keine Ahnung hatten, wer Dominique war und dass sie gleich einziehen würde in dieses Haus. Aber es waren auch ein paar Einheimische unterwegs, die ihr nachsahen oder zunickten. Lacroix beobachtete, wie ein Mann ihr freundlich lächelnd die Hand reichte. Sie war es. Die neue Chefin von Paris.

Gerade betrat sie das Portal, und der diensthabende Polizist salutierte. Sie lächelte nur und schüttelte ihm die

Hand. Großer Pomp war nicht ihre Sache, daran hatte auch die Wahl nichts geändert.

Als sich das Tor wieder schloss, wandte Lacroix sich um und ging über die Seinebrücke Pont d'Arcole auf die Île de la Cité. Er hatte Hunger auf ein kleines Frühstück, nichts Großes, nur ein Croissant und einen *café*. Das *dîner* war üppig gewesen.

Während er den Palais de Justice passierte und der Place Dauphine entgegenstrebte, ließ er innerlich die vergangenen Wochen Revue passieren. Die Endphase des Wahlkampfes, als er Dominique zu ihren Kundgebungen begleitet hatte und von Auftritt zu Auftritt überzeugter geworden war, dass sie die Richtige für die Aufgabe war: kompetent, mitreißend, aber dennoch bescheiden. Dann waren sie im Urlaub gewesen, eine Woche an der Algarve, um einfach mal abzuschalten und nichts zu tun. Und ehe sie sich versahen, war der Wahltag gekommen. Sie gaben früh am Morgen in der Schule in der Rue Cler ihre Stimmen ab. Als Dominique ihren Stimmzettel in die Wahlurne steckte, erging ein regelrechtes Blitzlichtgewitter über sie. Lacroix hielt sich im Hintergrund. Er mochte den Rummel nicht, das wusste seine Frau.

»Na, hast du dein Kreuz bei meinem Gegner gemacht, damit ich verliere und du wieder deine Ruhe hast?«, fragte sie ihn hinterher mit einem breiten Grinsen. Sie lachten.

Anschließend gingen sie ins Café Central frühstücken und verbrachten den Tag bei strahlendem Sonnenschein auf einer Picknickdecke im Jardin du Luxembourg, mit Zeitungslektüre und einer Flasche Weißwein am Nach-

Und dann hatten sie noch darüber geredet, wann sie nach Giverny fahren würden, um ihr Sommerhaus winterfest zu machen. Sicher in zwei oder drei Wochen, wenn Dominique sich eingearbeitet hätte.

Nun aber, auf dem Platz vor dem Hôtel de Ville, dem hochherrschaftlichen Rathaus der Stadt, kam Lacroix nicht mehr umhin, den großen rosafarbenen Elefanten anzusprechen, der schon den gesamten Vorabend im Raum gestanden hatte.

Dominique sah ihn freundlich an, und ein leichtes Lächeln umspielte ihre Lippen.

»Du kennst mich so gut, *mon cher* … Ja, ich bin sehr aufgeregt. Und ich habe auch wirklich nicht gut geschlafen heute Nacht, zum ersten Mal seit sehr langer Zeit. Ich frage mich: Werden mich die Angestellten mögen? Mein Vorgänger war Sozialist, ich bin Republikanerin, aber seine Beamten bleiben ja im Rathaus – vielleicht hassen mich alle. Andererseits bin ich echt gespannt, wie es da drinnen zugeht. Und ich freue mich richtig, jetzt anzupacken. Aber ja, ich bin aufgeregt wie ein kleines Kind. Jetzt geht's los, kannst du das fassen?« Beim letzten Satz hatte sie seine beiden Hände genommen und hielt sie ganz fest.

»Nein«, gab er zu, »ich kann es auch noch nicht fassen. Seit du deine Kandidatur erklärt hast, ist die Zeit gerast, und nun hast du es tatsächlich geschafft – und fängst heute schon an. Ich … ich bin so stolz auf dich. Du wirst die beste Bürgermeisterin, die Paris je hatte.«

Er umarmte sie, weil er so gerührt war, und sie küsste ihn sanft auf die Wange. Als sie sich von ihm gelöst hatte, grinste sie.

I

Und? Bist du sehr aufgeregt?«
Lacroix hatte sich die Frage bis zum Schluss aufgehoben. Den ganzen Fußweg lang hatten Dominique und er nur über die schönen Dinge des Lebens gesprochen.

Über ihr gestriges Abendessen im Jeanne-Aimée, einem neuen Lokal bei der kleinen Kirche Notre-Dame-de-Lorette unweit der Metrostation Opéra, das sie sehr genossen hatten. Die Inhaber besaßen einen großen Gemüsegarten in den Yvelines südlich der Stadt, und das frische Gemüse, das sie dort ernteten, boten sie nun als herrliche Gerichte mit feinem Fisch, Fleisch und Meeresfrüchten in ihrem eigenen Restaurant an. Es war ein sehr schöner Abend gewesen.

Ungefähr auf Höhe des Musée d'Orsay hatten sie das Thema gewechselt. Lacroix war innerlich unruhig, denn im Kommissariat gab es derzeit so gut wie nichts zu tun – und das war immer ein schlechtes Zeichen. Es bedeutete, dass bald deutlich hektischere Zeiten auf ihn zukamen.

»Weißt du, immer wenn es so still ist, dann braut sich was zusammen«, hatte er zu seiner Frau gesagt, gerade als sie den Pont des Arts passiert hatten und auf die andere Seite des Flusses gewechselt waren.

»Ach, *mon cher*«, hatte Dominique geantwortet, »ich hoffe, du siehst nur Gespenster.«

Die erste Frau im Staate

Wenn Sie zweimal jährlich über unsere Neuerscheinungen informiert werden möchten, schreiben Sie uns bitte an: newsletter@kampaverlag.ch oder
Kampa Verlag, Hegibachstr. 2, 8032 Zürich, Schweiz

DIE GRÜNE SEITE DER KAMPA RED EYES
Gedruckt auf säurefreiem und chlorfrei gebleichtem Papier zur Unterstützung verantwortungsvoller Waldnutzung, zertifiziert durch das Forest Stewardship Council.

Veröffentlicht als Kampa Red Eye
Alle Rechte vorbehalten
Copyright © 2024 by Kampa Verlag AG, Zürich
Covergestaltung: Lara Flues, Kampa Verlag
Coverillustration: © Mathilde Crétier
Satz: Tristan Walkhoefer, Leipzig
Karte auf Vor- und Nachsatz: Peter Palm, Berlin
Gesetzt aus der Stempel Garamond LT / 240180
Druck und Bindung: Livonia Print, Riga
Auch als E-Book erhältlich
ISBN 978 3 311 12574 7

www.kampaverlag.ch

ALEX LÉPIC

LACROIX UND DIE FRAU IN DER LETZTEN METRO

SEIN SIEBTER FALL

ROMAN

KAMPA

»Wie Agatha Christie, aber viel subversiver.« *FAZ*

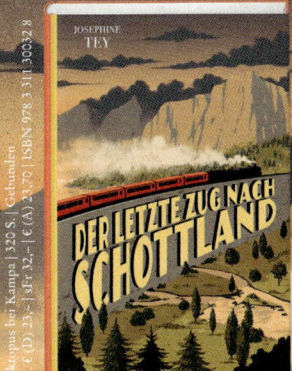

Ein toter Mann und ein rätselhaftes Gedicht lassen Inspector Alan Grant auch im Urlaub in Schottland nicht zur Ruhe kommen.

»Wunderschön geschrieben und außerordentlich lesenswert.«
The New York Times

Oktopus bei Kampa | 320 S. | Gebunden
ca. € (D) 25,– | sFr 32,– | € (A) 25,70 | ISBN 978 3 311 30232 8

Louise Pennys Lieblingskrimi

Oktopus bei Kampa | 256 S.
ISBN 978 3 311 30250 2
€ (D) 17,90 | sFr 24,90 | € (A) 18,40

Oktopus bei Kampa | 432 S.
ISBN 978 3 311 30025 0
€ (D) 18,90 | sFr 26,90 | € (A) 19,40

Cover: Domagoj Šokčević; U4: Rui Ricardo | © 2023 Lara Flues, Kampa Verlag | ISBN 978 3 311 80200 6

Schicken Sie eine E-Mail an newsletter@kampaverlag.ch oder eine Postkarte mit Ihrer Adresse an Kampa Verlag, Hegibachstr. 2, CH-8032 Zürich. Wir erschlagen Sie nicht mit Werbung, sondern schicken Ihnen nur halbjährlich unseren Kriminewsletter oder Krimiprospekt.

NEWSLETTER ODER KATALOG

www.kampaverlag.ch | www.oktopusverlag.ch

Hans Adler
Kommissar in Berlin 1947

Im Frühjahr 1947 liegt Berlin in Trümmern, und der Winter scheint nicht enden zu wollen. Als aus dem halb zugefrorenen Landwehrkanal eine Kinderleiche geborgen wird – das dritte misshandelte und erwürgte Kind innerhalb weniger Monate –, ist Kommissar Hans Adler fassungslos. Hat der Krieg nicht genug Grauen verursacht? Adler, der ohne seinen linken Arm von der Front zurückgekehrt ist, steht bei seinen Ermittlungen vor etlichen Problemen: Niemand kennt die Kinder; wie Hunderte andere müssen sie ihre Eltern im Krieg verloren haben. Und im Polizeipräsidium herrscht ein Klima des Misstrauens: Der Polizeipräsident scheint aus Moskau gesteuert zu werden, und auch die alten Parteigenossen sind längst wieder da. Eines Nachts wird Adler auch noch von amerikanischen GIs entführt, die sich Informationen von ihm erhoffen. Wem kann Adler noch vertrauen? Wer wird ihm helfen, den brutalen Kindermörder zu stoppen?

352 Seiten | Gebunden mit Farbschnitt
€ (D) 18,90 | sFr 26,90 | € (A) 19,40
ISBN 978 3 311 12562 4

JÜRGEN TIETZ

BERLINER MONSTER

1947: KOMMISSAR ADLERS
ERSTER FALL

Der erste Fall

Illustration: Markus Person © Kampa Verlag

Manz
Kriminaldirektor a.D. in Berlin

Hunderte Mordfälle hat er im Laufe seiner Karriere gelöst, viele Verbrecher hinter Gitter gebracht. Jetzt genießt Manz seinen Ruhestand. Doch dann erreicht ihn ein Brief: Manz soll vor Gericht aussagen. Es geht um einen Mord im Jahr 1990, seinen letzten Fall in Berlin, bevor er nach Dresden versetzt wurde. Und es geschieht, was Manz nie wollte: Er versinkt in der Vergangenheit. Auch ein Mord in der Nähe eines Berliner Gymnasiums in den siebziger Jahren und eine Brandstiftung auf einem Bauernhof von 1961 lassen ihn nicht los, und als sein jüngster Enkel Matti konfirmiert wird, denkt der Kriminaldirektor a. D. an 1983 zurück, als in einer Neuköllner Altbauwohnung ein ermordeter Pfarrer aufgefunden wurde ... Manz wird wieder zum Ermittler. Auch in eigener Sache.

Neu

Vier Fälle
erschienen

MATTHIAS
WITTEKINDT
FÜNF FRAUEN
EIN ALTER FALL VON
KRIMINALDIREKTOR A D. MANZ

ca. 304 Seiten | Gebunden mit Farbschnitt
ca. € (D) 19,90 | ca. sFr 27,90 | ca. € (A) 20,50
ISBN 978 3 311 12572 3

Ein virtuoser literarischer Thriller

528 S. | € (D) 14,– | € (A) 14,40 | sFr 20,– | ISBN 978 3 311 15035 0
Taschenbuch

Ein Aktenordner, ein Toter. Von einer Sekunde auf die andere ist Adam Kindred Hauptverdächtiger in einem Mordfall.

Der Tod ist sein Ressort.

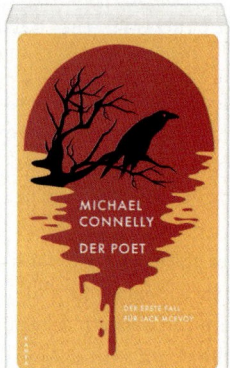

668 S. | € (D) 15,– | € (A) 15,40 | sFr 21,– | ISBN 978 3 311 15517 1
Taschenbuch

Als Polizeireporter Jack McEvoy vom Tod seines Zwillingsbruders Sean erfährt, gerät sein Leben aus dem Gleichgewicht.

Ein Ermittlertrio mit Bulldogge

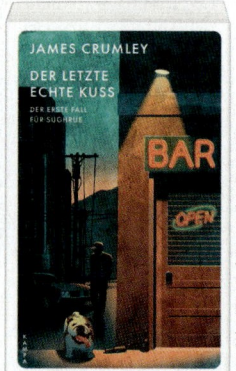

336 S. | € (D) 12,– | € (A) 12,30 | sFr 17,– | ISBN 978 3 311 15506 5
Taschenbuch

Als Privatdetektiv Sughrue Schriftsteller Trahearne endlich aufspürt, nimmt das Unheil erst so richtig seinen Lauf.

Easy Rawlins' erster Fall

272 S. | € (D) 18,90 | € (A) 19,40 | sFr 26,90 | ISBN 978 3 311 12062 9
Broschur

L. A., 1948: Dem Kriegsveteran Easy Rawlins wird in einer Bar ein Job angeboten, und er zögert nicht lange.

John Cardinal
Detective in Ontario (Kanada)

Ohne seine Frau Catherine und seine Tochter kann man John Cardinals Zuhause eigentlich nicht mehr als solches bezeichnen. Ohnehin ist es nur ein bescheidenes Holzhaus. Noch dazu klirrend kalt. Der Winter hat die Provinz Ontario im Südosten Kanadas fest im Griff. Als spielende Kinder auf einer Insel im See eine Leiche entdecken, fühlt sich Cardinal, den man ins Dezernat für Eigentumsdelikte versetzt hat, erst nicht zuständig. Doch bei dem in einem Eisblock gefrorenen Körper handelt es sich um die dreizehnjährige Chippewa Katie Pine, die Monate zuvor entführt worden ist.

ca. 416 Seiten | Klappenbroschur
ca. € (D) 18,90 | ca. sFr 26,90 | ca. € (A) 19,50
ISBN 978 3 311 12069 8

Der erste Fall

GILES
BLUNT

*Kanadischer
Winter*

DER ERSTE FALL FÜR
JOHN CARDINAL

KAMPA

Lacroix
Commissaire in Paris

Beim Spazierengehen kann Lacroix, Chef des Kommissariats im 5. Arrondissement in der Nähe von Notre-Dame, am besten nachdenken. Er liebt das alte Paris, die breiten Boulevards, die Ufer der Seine. Er ist ein Nostalgiker: Ein Handy kommt ihm nicht in die Manteltasche, er trägt Hut und raucht Pfeife, obwohl ihn sein enger Mitarbeiter, der Korse Paganelli, immer wieder ärgert, indem er ihn Maigret nennt. Lacroix' Methode ist genauso altmodisch: Er setzt auf Intuition und Menschenkenntnis. Die wichtigste Stütze in Lacroix' Leben ist seine Frau, auch wenn sie selbst Karriere macht als Bürgermeisterin im schicken 7. Arrondissement. Sein sechster Fall führt Lacroix in die Welt des Tennis: Frankreichs neues Tenniswunderkind steht im Halbfinale von Roland-Garros, doch seit sein Talisman entwendet wurde, ist der Sieg in Gefahr.

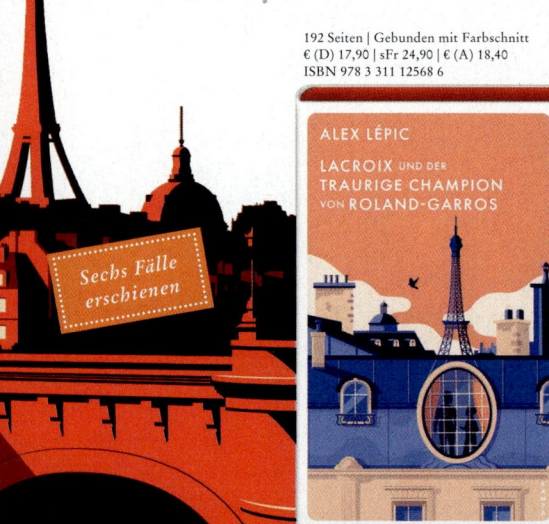

192 Seiten | Gebunden mit Farbschnitt
€ (D) 17,90 | sFr 24,90 | € (A) 18,40
ISBN 978 3 311 12568 6

ALEX LÉPIC

LACROIX UND DER TRAURIGE CHAMPION VON ROLAND-GARROS

Sechs Fälle erschienen

Illustration: Bobby Evans © Kampa Verlag

Maigret
Kommissar in Paris und Frankreich

Muss Maigret, laut Jean-Luc Bannalec »der Kommissar der Kommissare«, überhaupt noch vorgestellt werden? Er ist eine Legende, sofort erkennbar an seiner Pfeife und seinem schweren Mantel, seinem Büro am 36, Quai des Orfèvres mit Sicht auf die Seine und dem Kanonenofen, der nur im Sommer nicht vor sich hin blubbert. »Verstehen und nicht urteilen«, lautet die Devise Maigrets. Er sucht keine Beweise oder Indizien, sondern versetzt sich in das Opfer und die Verdächtigen, begibt sich in ihr Milieu und versucht, sie zu verstehen. Mehr braucht er nicht, um den Täter zu finden … Doch, ab und zu ein Glas Bier oder etwas Hochprozentiges und etwas im Magen. Zum Glück gibt es in Frankreich an jeder Straßenecke ein Bistro oder Restaurant. Oder Madame Maigret hat zu Hause am Boulevard Richard-Lenoir etwas für ihren stets hungrigen Mann gekocht.

Der erste Fall

240 Seiten | Gebunden
€ (D) 17,90 | sFr 24,90
€ (A) 18,40
ISBN 978 3 311 13001 7

SIMENON
Maigret
Maigret und Pietr der Lette

75 Fälle – bald komplett

Smaragdgrünes Meer, einsame Buchten:
Sardinien gilt als Karibik Italiens.
Doch wer sich ins Landesinnere vorwagt,
entdeckt dunkle Geheimnisse.

Zwei junge Kommissarinnen und ein
todkranker Ispettore, der nur noch einen
Wunsch hat: die Jahrzehnte zurückliegenden
Morde an zwei Mädchen auf Sardinien aufzuklären.
Dann verschwindet eine weitere Frau ...

P. G. PULIXI

DIE INSEL
DER SEELEN

SARDINIENS DUNKLE SEITE

544 Seiten | Klappenbroschur
€ (D) 19,90 | sFr 27,90 | € (A) 20,50
ISBN 978 3 311 12059 9

Drinks, Glamour und Leichen

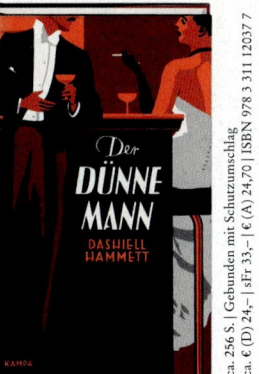

ca. 256 S. | Gebunden mit Schutzumschlag
ca. € (D) 24,– | sFr 33,– | € (A) 24,70 | ISBN 978 3 311 12037 7

Eiskalte Martinis, messerscharfe Dialoge und das exzentrischste Ermittlerduo aller Zeiten.

Mit scharfem Verstand und Gottes Beistand

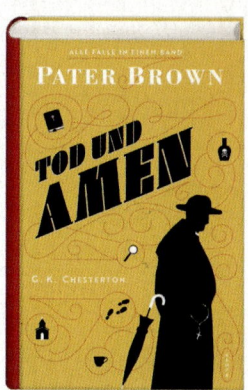

1272 S. | Gebunden mit Lesebändchen
€ (D) 38,– | sFr 49,– | € (A) 39,– | ISBN 978 3 311 12566 2

Alle Fälle mit dem einzigartigen Pater Brown – versammelt in einem Prachtband.

»Ein literarisches Genie.« *Martin Amis*

ca. 352 S. | Gebunden mit Farbschnitt
ca. € (D) 21,90 | sFr 29,90 | € (A) 22,60 | ISBN 978 3 311 12573 0

Bei der Mafia ist Palmer ein kleiner Fisch. Als er groß ins Filmgeschäft einsteigt, wird ihm klar, dass Hollywood das reinste Haifischbecken ist.

Der Film ist genial, der Roman noch besser

640 S. | Gebunden mit Farbschnitt
€ (D) 24,90 | sFr 33,90 | € (A) 25,60 | ISBN 978 3 311 12510 5

Vito Corleone ist der Pate, die Familie geht über alles. Jeder, der für ihn arbeitet, gehört zur Familie. Und eine Familie kann man nicht verlassen, nie.

Polizistin? Patientin? Mörderin?

Was davon ist Alice?

Alice Armitage, bis vor Kurzem Detective Constable bei der Mordkommission der Metropolitan Police im Norden Londons, weiß, wie man für Recht und Ordnung sorgt. Aber da, wo sie ist, nützt ihr das gar nichts. Nicht, weil es in Psychiatrien eben grundsätzlich chaotisch zugeht, sondern weil sie selbst Patientin ist. Seit ihr Kollege bei einem Routineeinsatz erstochen wurde, leidet sie an einer posttraumatischen Belastungsstörung. Aber auch ohne Dienstmarke beginnt sie sofort Nachforschungen anzustellen, als einer ihrer Mitpatienten ermordet wird. Alices Leben gerät endgültig aus den Fugen, als sie merkt, dass sie niemandem trauen kann – am wenigsten sich selbst.

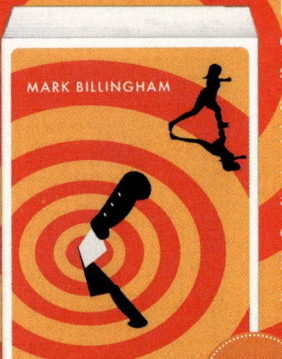

MARK BILLINGHAM

EINGEWIESEN

Neu

ca. 416 Seiten | Klappenbroschur
ca. € (D) 19,90 | ca. sFr 27,90 | ca. € (A) 20,50
ISBN 978 3 311 12064 3

Frau Helbing

Pensionierte Fleschereifachverkäuferin
in Hamburg

Frau Helbing wohnt im Hamburger Grindelviertel, in einer Straße, die Rutschbahn heißt. Vierzig Jahre lang stand sie hinter der Theke ihrer Metzgerei. Ihr stets geschärftes Messerset hält Frau Helbing auch nach ihrer Pensionierung noch in Ehren, ihre stärksten Waffen sind jedoch Menschenkenntnis, Neugier und langjährige Erfahrung mit Tötungsdelikten. Wenn sie nicht in einem Mordfall ermittelt, liest sie am liebsten Krimis oder kauft auf dem Isemarkt ein. Jeden Sonntag besucht Frau Helbing Hermann auf dem Ohlsdorfer Friedhof. Schließlich waren sie 42 Jahre verheiratet. Da wäre es doch unhöflich, ihn nicht über den Stand ihrer Ermittlungen auf dem Laufenden zu halten. Und unhöfliche Menschen kann Frau Helbing gar nicht leiden.

Fünf Fälle erschienen

240 Seiten | Taschenbuch
€ (D) 12,– | sFr 17,– | € (A) 12,30
ISBN 978 3 311 15522 5

Glauser-Preis Debüt

Der erste Fall

EBERHARD MICHAELY

FRAU HELBING UND DER TOTE FAGOTTIST

DER ERSTE FALL

KAMA

Mord auf griechischer Trauminsel

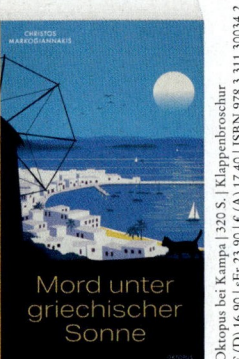

Oktopus bei Kampa | 320 S. | Klappenbroschur
€ (D) 16,90 | sFr 23,90 | € (A) 17,40 | ISBN 978 3 311 30034 2

Der Fund einer Leiche setzt dem Sommerurlaub des Athener Kriminalkommissars Christophoros Markou ein jähes Ende.

Geldübergabe auf dem Opernball

Oktopus bei Kampa | ca. 304 S. | Klappenbroschur
ca. € (D) 17,90 | sFr 24,90 | € (A) 18,40 | ISBN 978 3 311 30053 3

Mörderische Ballsaison: Eine kapriziöse Ex-Primadonna wird erpresst, und die gnä' Frau ermittelt in Wiener Künstlerkreisen.

Weihnachten mit Sherlock Holmes

Oktopus bei Kampa | ca. 240 S. | Broschur
ca. € (D) 16,90 | sFr 23,90 | € (A) 17,40 | ISBN 978 3 311 30058 8

Bescherung in der Bakerstreet 221 B: Für den Meisterdetektiv ist das schönste Weihnachtsgeschenk ein kniffliger Fall, den er lösen darf.

Amalfi sehen und sterben …

Oktopus bei Kampa | 256 S. | Gebunden
€ (D) 20,– | sFr 28,– | € (A) 20,60 | ISBN 978 3 311 30043 4

Claretta Lépore, Sekretärin der Carabinieri, entdeckt ihre Leidenschaft für die Verbrecherjagd – und macht ihrem Chef Beine.

Matthew Beaumont
Jay Coates
Ethan Dart
Caroline Geddes
Frank Hopkins
Alison Horne
Arthur Kruse
Jack Radebaugh
Jessica Winslow

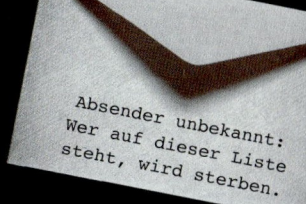

Absender unbekannt:
Wer auf dieser Liste
steht, wird sterben.

Neun Fremde, die nichts verbindet –
außer ihr Mörder. Ein packender
Thriller und eine überraschende
Hommage auf Agatha Christie.

»Teuflisch raffiniert.« *Daily Mail*

PETER
SWANSON

NEUN
LEBEN

Ein Brief
mit neun Namen

Steht dein Name auf der
Liste, wirst du sterben.

Oktopus bei Kampa
336 Seiten | Klappenbroschur
€ (D) 18,90 | sFr 26,90 | € (A) 19,40
ISBN 978 3 311 30045 8

Johann Briamonte

Kriminalhauptkommissar im Schwarzwald

Kirschtorte und Schinken, Kuckucksuhr und Bollenhut. Nichts davon hat Johann Briamonte, aufgewachsen im Südschwarzwald, je interessiert. Der Kriminalhauptkommissar weiß, warum er seine Heimat verlassen hat, aber nicht genau, warum er zurückkehrt. Er hat Karriere bei der Kriminalpolizei in Frankfurt gemacht – und kaufte dann einen alten Schwarzwaldhof unweit seines Elternhauses. Aber sein Job holt ihn schneller ein, als ihm lieb ist. In seinem zweiten Fall ermittelt Briamonte in der Welt der Kunst: Statt die Renovierung seines Schwarzwaldhofes voranzutreiben, sich in der einstigen Heimat neu einzugewöhnen und den Sommer in seinem verwilderten Obstgarten zu genießen, muss er Licht in die dunklen Machenschaften eines Galeristen bringen.

ca. 240 Seiten | Klappenbroschur
ca. € (D) 16,90 | ca. sFr 23,90
ca. € (A) 17,40
ISBN 978 3 311 12065 0

Neu

Zwei Fälle
erschienen

Schwarz ist
die Gier
DER ZWEITE FALL FÜR
JOHANN BRIAMONTE

CLAUDIA
BARDELANG

Marco Pellegrini

Commissario am Lago di Como

Commissario Pellegrini ermittelt am Lago di Como – da, wo andere Ferien machen. Er wäre selbst fast Hotelier geworden, ist dann aber doch zur Polizia di Stato gegangen, statt in das Familienunternehmen einzusteigen. Ohne Espresso löst er keinen Fall, und die Kaffeemaschine bedient er mindestens so gut wie seine Dienstwaffe. Pellegrini ist kein George Clooney, macht aber immer eine *bella figura* – ob in Uniform oder in Zivil. In seinem vierten Fall muss Pellegrini in den eigenen Reihen ermitteln: Während einer Kriminalistentagung in der altehrwürdigen Bibliothek von Bergamo wurde ein Archivar erschlagen – ausgerechnet mit einem Folianten.

224 Seiten | Klappenbroschur
€ (D) 16,90 | sFr 23,90 | € (A) 17,40
ISBN 978 3 311 12058 2

Vier Fälle erschienen

DINO MINARDI

Biblioteca criminale

PELLEGRINIS VIERTER FALL

Eduard »Ed« Koch
Kommissar auf Sylt

Nie würde Ed sein Sylt verlassen. Nachdem er aus dem Haus seiner Ex-Frau ausziehen musste, kommt er vorübergehend bei einem Freund unter. Von der Dachgaube aus hat Ed einen herrlichen Ausblick über das Watt. Hier sitzt er oft und sinniert über seinen aktuellen Fall, denn der gibt ihm einige Rätsel auf: Wer ist dieser verschwundene Journalist, der niemanden in seine Recherchen einweihen wollte? Und wer ist so erpicht darauf, mehr über ihn herauszufinden, dass er sogar in der Unterkunft des Vermissten eingebrochen ist? Auch privat steht Ed vor neuen Herausforderungen: Seit seine Tochter bei ihm eingezogen ist, gerät er ständig in Streit mit seiner Ex-Frau, und die Trennung von seiner ehemaligen Vorgesetzten Elsa macht ihm zu schaffen.

272 Seiten | Klappenbroschur
€ (D) 16,90 | sFr 23,90 | € (A) 17,40
ISBN 978 3 311 12057 5

MAX ZIEGLER

Zwei Fälle erschienen

Sylter Sandflut
DER ZWEITE FALL FÜR ED KOCH

HOLLYWOOD 1929

Filmstars, Affären, Skandale
und ein Mord. Und mittendrin:
HARDY ENGEL.

Der Privatdetektiv aus Deutschland
ermittelt für einen Medienmogul – und
fühlt sich bald wie im falschen Film

ca. 560 Seiten | Gebunden
mit Schutzumschlag
ca. € (D) 26,– | ca. sFr 35,–
ca. € (A) 26,80
ISBN 978 3 311 12068 1

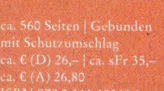

Neu

Hollywood 1929: Ein Fall für Hardy Engel

CHRISTOF
WEIGOLD

DER BÖSE VATER

»Christof Weigold
versteht es, seine Leser mit
mörderischer Spannung
zu unterhalten.«
Wiener Zeitung

17 Fälle erschienen

Neu

ca. 480 Seiten | Klappenbroschur
ca. € (D) 19,90 | ca. sFr 27,90 | ca. € (A) 20,50
ISBN 978 3 311 12063 6

Der Alltag kehrt zurück nach Three Pines. Das idyllische Dorf in den kanadischen Wäldern hat die Pandemie weitgehend unbeschadet überstanden. Olivier und Gabri dürfen das Bistro wieder öffnen, und Myrna schließt die Tür zum Buchladen auf. Doch es gibt auch Ärger im Idyll: Eine hetzerische Professorin, eine bissige Heldin und eine Leiche halten Gamache in Trab.

Foto: Composing aus Motiven von Getty Images

Armand Gamache

Inspector in Three Pines, Québec (Kanada)

Eine Autostunde von Montréal entfernt, an der Grenze zu Vermont, liegt Three Pines, mitten in den Wäldern versteckt, sodass es auf keiner Landkarte zu finden ist. In dem idyllischen Dorf gibt es alles, was das Herz begehrt: eine Bäckerei, eine Pension, einen Krämerladen, ja sogar eine Buchhandlung. Aber ohne die Bewohner mit ihren Ecken und Kanten wäre Three Pines nicht komplett. Einer von ihnen ist Armand Gamache, der sich hier am Wochenende von seiner aufreibenden Arbeit erholt. Unter der Woche wohnt er in Montréal, wo er es vom einfachen Inspector bis zum Chief Superintendent der Sûreté du Québec, dem obersten Polizeichef, geschafft hat. Und das, obwohl er immer einfühlsam ist, gute Manieren hat und selten die Contenance verliert. Gamache ist ein Kommissar zum Verlieben … Nur leider ist er schon vergeben: seit über dreißig Jahren verheiratet mit Reine-Marie.

400 Seiten | Klappenbroschur
€ (D) 17,90 | sFr 24,90 | € (A) 18,40
ISBN 978 3 311 12006 3

LOUISE
PENNY

**Das Dorf in den
roten Wäldern**

DER ERSTE FALL FÜR GAMACHE

Der erste
Fall

Eine Autopsie, die
alle Fragen offenlässt

480 S. | € (D) 15,– | sFr 21,– | € (A) 15,40
Taschenbuch | ISBN 978 3 311 15527 0

PATRICIA
CORNWELL

FLUCHT
DER ZWEITE FALL
FÜR KAY SCARPETTA

Eine Schriftstellerin flieht vor
ihrem Mörder – nur um ihm kurz
darauf die Tür zu öffnen.

Es sind immer
zwei Leichen.

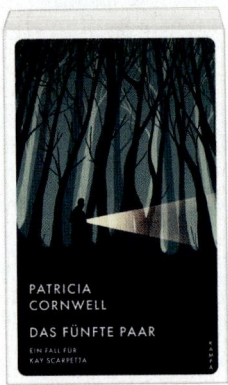

432 S. | € (D) 15,– | sFr 21,– | € (A) 15,40
Taschenbuch | ISBN 978 3 311 15530 0

PATRICIA
CORNWELL

DAS FÜNFTE PAAR
EIN FALL FÜR
KAY SCARPETTA

Ein Serienkiller tötet junge
Liebespaare – und hinterlässt
keine Spur.

Die Handschrift
des Mörders

ca. 384 S. | ca. € (D) 14,– | ca. sFr 20,– | ca. € (A) 14,40
Taschenbuch | ISBN 978 3 311 15531 7

PATRICIA
CORNWELL

PHANTOM
DER VIERTE FALL
FÜR KAY SCARPETTA

Ein Mann wird hingerichtet –
wie kann er kurz darauf ein
Verbrechen begehen?

Ein Fall, der
unlösbar scheint.

ca. 416 S. | ca. € (D) 14,– | ca. sFr 20,– | ca. € (A) 14,40
Taschenbuch | ISBN 978 3 311 15534 8

PATRICIA
CORNWELL

BODY FARM
DER FÜNFTE FALL
FÜR KAY SCARPETTA

Nur die Body Farm, ein foren-
sisches Labor, das menschliche
Verwesungsprozesse erforscht,
kann Scarpetta weiterbringen.

Dr. Kay Scarpetta
Gerichtsmedizinerin in Virginia

Die renommierte Pathologin Kay Scarpetta lebt nach vielen Jahren wieder in Virginia, gemeinsam mit ihrem Mann Benton und ihrer Nichte Lucy. Ihr Start als leitende Gerichtsmedizinerin von Virginia gestaltet sich jedoch mühsam, und es dauert keine vier Wochen, bis Scarpetta es mit einem verstörenden Fall zu tun bekommt: Eine Frau wurde brutal ermordet, ihre Leiche auf einem Bahngleis »drapiert«. Und die Ermittlungen führen Scarpetta gefährlich nah an ihr eigenes Zuhause. Noch dazu wird sie ins Weiße Haus beordert – als Mitglied einer Kommission, die mit Angriffen auf die nationale Sicherheit befasst ist. Bei einer Weltraummission scheint es eine Katastrophe gegeben zu haben, der Kontakt zu den Astronauten ist abgebrochen. Und während Scarpetta im All ermittelt, ereignet sich auf Erden ein zweiter, ganz ähnlicher Mord an einer Frau, wieder in der Nähe von Scarpettas Zuhause …

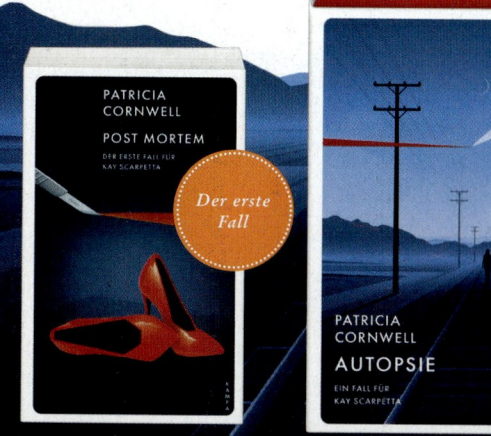

448 Seiten | Taschenbuch
€ (D) 14,– | sFr 20,– | € (A) 14,40
ISBN 978 3 311 155 24 9

400 Seiten | Gebunden mit Farbschnitt
€ (D) 21,90 | sFr 29,90 | € (A) 22,50
ISBN 978 3 311 125 67 9

Cédric Bresson
Ex-Kommissar in der Champagne

Mit der Heirat der faszinierenden Maryse, Erbin des traditions-
reichen Champagnerhauses Cherriot, hat sich Cédric Bressons
Leben von Grund auf verändert. Vor zwei Jahren noch ist er
in Paris zwischen Kommissariat und Tatorten hin und her ge-
hetzt, nun lebt er im beschaulichen Dörfchen Lézy-le-Sec in
der Champagne, ist Vater von Zwillingen und präsentiert seinen
ersten eigenen Rosé-Champagner. Sein Schwiegervater hatte anfangs keine großen Hoffnungen in einen wie ihn gesetzt, aber als
der Rosenzüchter Bernard Grandjean ermordet wird, ist selbst
er froh, einen erfahrenen Ermittler vor Ort zu haben, denn sein
alter Freund Grandjean gehörte zu den bedeutendsten Förde-
rern der Region. Zum Glück bekommt Cédric wieder Unterstützung von Maryses Tante Viviane, einer ehemaligen Filmdiva,
die die Ränkespiele hinter den Kulissen des Champagner-
geschäfts bestens kennt.

Zwei Fälle
erschienen

Neu

CARLO FEBER

BLUTROTER
CHAMPAGNER

CÉDRIC BRESSONS ZWEITER FALL

ca. 352 Seiten | Klappenbroschur
ca. € (D) 18,90 | ca. sFr 26,90 | ca. € (A) 19,50
ISBN 978 3 311 1257 6

Ein Serienmörder aus einem kleinen Ort bei Regensburg. Historisch verbürgt, zum ersten Mal erwähnt um 1811.

Gemeinhin glauben die Leute, was der Bichel sagt. Er redet wie ein gelehrter Mann – und ist doch nur ein einfacher Viehhändler. Einen magischen Spiegel, der einem die Zukunft voraussagt, soll er besitzen. Vor allem junge Mädchen glauben an den Erdspiegel, hübsche und fleißige Töchter armer Tagelöhner, die naiv sein mögen, aber Träume haben. Und die eine nach der anderen plötzlich verschwindet …

»Andrea Maria Schenkel hat den Krimi für Deutschland neu erfunden.« *Die Zeit*

ANDREA MARIA
SCHENKEL

DER
ERDSPIEGEL

ROMAN

192 Seiten | Gebunden
€ (D) 22,– | sFr 30,– | € (A) 22,60
ISBN 978 3 311 10047 8

»Der beste Detective – ever.«
Stephen King

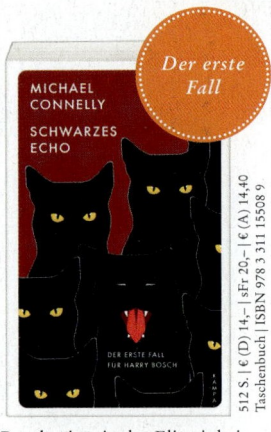

Der erste Fall

MICHAEL CONNELLY

SCHWARZES ECHO

DER ERSTE FALL FÜR HARRY BOSCH

512 S. | € (D) 14,– | sFr 20,– | € (A) 14,40
Taschenbuch | ISBN 978 3 311 15508 9

Bosch, einst in der Eliteeinheit, muss wieder ganz unten beim LAPD anfangen. Viel Zeit sich zu grämen hat er nicht …

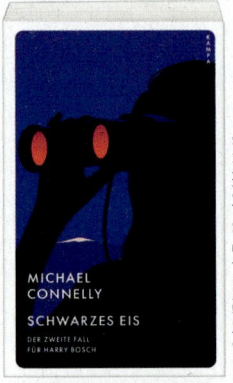

MICHAEL CONNELLY

SCHWARZES EIS

DER ZWEITE FALL FÜR HARRY BOSCH

464 S. | € (D) 14,– | sFr 20,– | € (A) 14,40
Taschenbuch | ISBN 978 3 311 15512 6

Ein toter Cop in einem Motel. Bosch glaubt nicht an Selbstmord: Der Cop ermittelte wegen der Modedroge »Schwarzes Eis«.

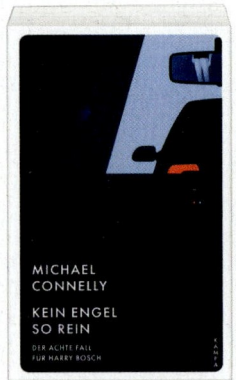

MICHAEL CONNELLY

KEIN ENGEL SO REIN

DER ACHTE FALL FÜR HARRY BOSCH

ca. 464 S. | ca. € (D) 15,– | ca. sFr 21,– | ca. € (A) 15,50
Taschenbuch | ISBN 978 3 311 15519 5

Zwanzig Jahre alte Skelettteile konfrontieren Harry Bosch mit seiner eigenen Vergangenheit.

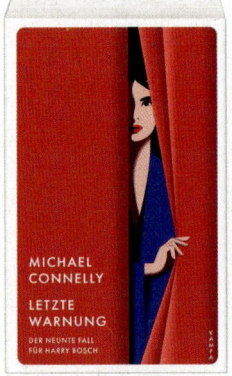

MICHAEL CONNELLY

LETZTE WARNUNG

DER NEUNTE FALL FÜR HARRY BOSCH

ca. 464 S. | ca. € (D) 15,– | ca. sFr 21,– | ca. € (A) 15,50
Taschenbuch | ISBN 978 3 311 15501 0

Auch ohne Dienstmarke ermittelt Bosch weiter – und kommt der Antiterror-Einheit in die Quere.